지금 잠시
내 마음 가다듬기

지금 잠시 내 마음 가다듬기

심리전문가가 전하는 마음 다스리기 50가지 방법

초 판 1쇄 2024년 09월 11일

지은이 정현우, 조현미
펴낸이 류종렬

펴낸곳 미다스북스
본부장 임종익
편집장 이다경, 김가영
디자인 윤가희, 임인영
책임진행 이예나, 김요섭, 안채원

등록 2001년 3월 21일 제2001-000040호
주소 서울시 마포구 양화로 133 서교타워 711호
전화 02) 322-7802~3
팩스 02) 6007-1845
블로그 http://blog.naver.com/midasbooks
전자주소 midasbooks@hanmail.net
페이스북 https://www.facebook.com/midasbooks425
인스타그램 https://www.instagram.com/midasbooks

ISBN 979-11-6910-785-3 03810

값 18,500원

미다스북스는 다음세대에게 필요한 지혜와 교양을 생각합니다.

심리전문가가 전하는 마음 다스리기 50가지 방법

지금 잠시
내 마음 가다듬기

정현우
조현미

지 음

미다스북스

프롤로그

이 책을 쓰면서 가장 많이 바뀐 부분은 일단 나 자신과의 관계에 대한 부분이었다. 많은 대중들 앞에선 힐링과 소통법에 대해 거침없이 설파하고는 정작 혼자만의 시간을 가질 땐 강의 내용과 다른 틀에 갇혀 있곤 했다. 그때의 나는 힐링은커녕 정신적, 체력적인 힘듦을 호소하는 몸과 마음의 언어를 조금도 듣지 않고 스스로를 다그치기만 했다. 내 몸이 무엇을 원하는지, 내 마음이 무엇을 이야기하는지 보내는 신호에 전혀 귀 기울이지 않았다. 내 마음의 온전함 여부는 전혀 중요치 않은 것처럼 대했다. 이 사실을 뒤늦게나마 깨달은 나는 집필을 하면서 다짐했다.

'집필을 무사히 끝마치려면 의욕과 체력이 중요해. 지금부터라도 내 상태를 더 세심히 살피고 아껴주며 완주해 보자.'

그때부터 내 마음이 보내는 메시지에 집중하게 되었다. 요즘 나는 어떤 감정이 느껴지는지, 어떤 도움이 필요한지, 과거의 나에 비해 지금의 나는 무엇을 더 잘해줄 수 있는지 자세히 살피고 생각하게 되었다. 그리고 몸과 마음이 조금이라도 불편감을 느끼면 하던 일을 즉각 내려놓았다. 잘 하지도 않던 명상과 호흡도 충분히 하고 좋아하는 운동도 자주 했다. 때론 LP 음악을 들으며 기꺼이 휴식을 취했다. 이런 시간과 행동이 몸에 배자 내 몸은 예전부터 나와 항상 함께 있었다는 사실을 새삼 깨달았다. 체력적인 여력이 없을 때도, 재정적인 여력이 없을 때도, 큰 고통을 느껴 슬플 때도, 상처를 입었을 때도, 실망하고 위축되었을 때에도 묵묵히 내 곁을 지키며 견뎌줘서 진심으로 고맙고 대견했다.

인간의 몸과 마음은 저마다 다른 형태를 띠고 있어도 살아가는 한 그 자리를 묵묵히 지킨다는 부분에서 모두가 같다. '마음 가다듬기'는 어떤 일이 일어나든 나를 굳건히 지탱해 줄 몸이 있고, 내 모든 상념과 정서를 거뜬히 받아줄 크나큰 내면이 존재함을 끊임없이 인식하는 것이라고 생각한다. 인생의 여러 순간을 지나 결국 마지막까지 함께하는 나 스스로를 세심하게 돌보고 아껴주는 것은 마땅한 일임을 꼭 깨달아야 한다. 이 책은 당연하지만 휘발되기 쉬운 이런 인식을 날려 보내지 않고 단단하게 뿌리를 내릴 수 있도록 돕는 안내서가 될 것이다.

진정한 관계는 나의 취약성을 드러낼 수 있을 때 더욱 공고해진다. 내가 가진 취약성을 가장 가까운 자신이 말하려 하지 않고 들으려 하지 않는다면 더욱 소원한 관계가 될 것이다. 자신과 더욱 가까운 사이가 되어 보다 행복하게 현재를 살아 낼 수 있도록 『지금 잠시 내 마음 가다듬기』가 그간 보려 하지 않고 보듬어 주지 못했던 내 안의 취약성이 가진 진정한 의미와 잠재력이 무엇인지 잘 알려주는 지침서가 되었으면 한다. 그래서 부디 나와 당신에게 허락된 남은 인생의 시간이 더욱 아름답고 찬란하게 빛나기를 소망해 본다.

프롤로그

"마음의 섬광이 삶을 밝게 만듭니다."

윌리엄 셰익스피어

하루에도 여러 번 마음이 요동친다. 평온한 일상을 간절히 바라지만 세상이 내 마음과 같이 움직여주지 않는다. 녹록지 않은 삶 속에서 불안, 우울, 분노, 서운함, 질투, 외로움과 같은 괴로운 감정이 자주 우리를 찾아온다. 그리고 이런 마음들은 나의 하루에 큰 영향을 미친다. 기분이 좋은 날은 뭐든 신나게 해내지만, 불안이 엄습하는 어느 날엔 미소 짓는 것조차 쉽지 않다.

결국, 마음이 한다.

오늘의 나는 내 마음이 결정한다. 마음을 다스릴 줄 아는 것은 삶을 살아가는 데 큰 힘이 되어준다. 기업교육 강사로, 심리상담사로 활동하며 하루에도 수많은 사람들을 마주한다. 너 나 할 것 없이 모두 더 나은 삶을 희망하며 미래를 계획한다. 그러나 그것을 실행하기 위해 꼭 필요한 마음 관리에는 비교적 소홀하다. 순간순간의 감정에 매몰되어 하루를 힘겹게 보낸다. 그러고는 계획대로 해내지 못한 스스로를 자책한다.

마음을 먼저 다스려야 당신이 원하는 삶을 살아갈 수 있다.

살아내는 것은 쉽지 않다. 혼란스럽고 괴로운 나날들이 많다. 후회가 가득하고 미래는 불안하다. 치열한 일상을 살아내는 우리를 위해 지친 마음에 대한 관심이 필요하다. 각종 영양제를 섭렵하고 운동을 계획하며 몸의 건강을 살피듯 마음도 보살핌이 필요하다.

삶이 힘겹게 느껴진다면, 지금 잠시 당신의 마음을 가다듬을 시간이다.

더 많은 사람이 마음 관리를 통해 자신을 추스르고 원하는 방향으로 나아가길 희망한다. 그래서 내가 직접 활용하고 여러 내담자 및 교육생들과 함께 수행했던 마음 가다듬기 방안을 소개한다. 괴로운 감정을 마주하는 일상의 에피소드와 그 상황에 적용할 수 있는 마음 관리 방안을 함께 담아냈다. 부정적인 감정이 마음을 지배할 때, 좌절 속에서 일어날 용기가 생기지 않을 때 이 책에 제시된 마음 가다듬기 방안이 당신을 일으키는 힘이 되어줄 것이다.

목차

5단계 ——— 함께 살아가기
: 여전히 어려운 관계 가다듬기

5단계를 마치며

부록 체크리스트

일러두기

1. 이 책은 정현우, 조현미 두 작가가 공동 집필한 책입니다. 캐릭터로 두 작가의 글을 구분하였습니다. 소제목 상단에 작가의 캐릭터를 함께 표시했습니다.

2. 마음을 다스리기 위한 체크리스트가 포함되어 있습니다. 본문을 읽은 후 연결된 체크리스트를 작성하시면 보다 효율적으로 책을 활용하실 수 있습니다.

3. 일부 에피소드에 작가의 추천곡을 함께 담았습니다. 본문에 포함된 QR코드로 접속하시면 음악을 들을 수 있는 사이트에 연결됩니다. 글의 내용과 어울리는 음악을 감상하며 다채롭게 책을 즐겨주시길 바랍니다.

1단계

나와 마주하기

멈춰버린 삶을
나아가게 하는 마법

01
마음 가다듬기의 시작!
마음 관리 모드를 ON하라

"행복한 사람은 어떤 특별한 환경 속에 있는 사람이 아니다.
오히려 어떤 특별한 마음 자세를 갖고 살아가는 사람이다."

휴 다운즈

자신의 자동차를 매우 사랑하는 A란 친구가 있다. A의 자동차는 구매한 지 8년 차에 접어든 꽤 세월이 지난 모델이다. 그럼에도 그 자동차는 늘 새 차와 같은 컨디션으로 유지되고 있다. 손세차는 기본이고 항상 전용 클리너를 가지고 다니면서 문짝에 지문만 묻어도 수시로 닦아준다. 하루는 A가 가파른 언덕길을 다소 빠르게 주행하다가 차의 앞 범퍼 바닥 면이 살짝 긁힌 적이 있었다. 누가 봐도 겉으로 전혀 티가 나지 않는 부위였지만 A는 즉시 가까운 카센터에서 적지 않은 금액을 지불하고 깔끔하게 도색을 하고 왔다. 다소 의아하게 생각한 나는 "아무도 안 보는 곳인데 왜 그렇게 까지 신경을 쓰는 거야?"라고 물었고 A는 지체 없이 이렇게 말했다.

"남들이 알아보는 건 상관없어. 내가 알아보잖아."

A는 타인의 평가나 시선이 아닌 오로지 자신의 만족감을 위해 깔끔히 자동차를 관리하고 있었던 것이다. 자신의 자동차가 세상이 추켜세워주는 최신형의 값 비싼 차는 아니지만 자기가 늘 동경하던 모델이었기에 처음 가졌을 때의 감격이 아직도 생생해서 자신의 만족을 위해 지속적인 관리를 해주고 있다고 했다. 친구의 이야기를 듣고 나니 좋은 사색 거리가 하나 생겼구나 싶었다.

어떤 사람은 무언가를 새로 들이게 되면 한동안 좋은 상태로 관리를 해준다. 그 무언가는 자동차일 수도 있고 스마트폰일 수도 있고 사람일 수도 있고 직업일 수도 있고 나 자신일 수도 있다. 하지만 안타깝게도 손상으로 인해 원래의 형태를 잃어버리면 소홀한 관리로 이어진다. 한동안 나의 소중한 발이 되어준 고마운 자동차에게 더 이상 호의를 베풀지 않는다. 흠집이 나든 말든 길에서 퍼지든 말든 마치 내 차가 아닌 것처럼 대한다. 꼼꼼하게 왁스까지 발라가며 소중하게 손세차를 해주었는데 어느 순간 자동 세차기에 잔흠집이 나건 말건 무심히 차를 밀어 넣는다.(어느 순간 세차도 하지 않는다.) 스마트폰이라면 고장 나기를 바라는 사람처럼 기껏 씌워놓은 강화 유리나 케이스도 싹 벗겨내고 수명을 단축시켜 버린다. 마찬가지로 내 마음에 흠집이 나면 온전할 때의 친절함은 온데간데없고 타인에게는 입에 담지도 못할 폭력적인 언행을 스스로에게 퍼붓는다. 실수와 실패의 원인을 모두 자신의 탓으로 돌리며 될 대로 되라는 심정으로 마음의 신음소리를 무시하고 상처를 방치한다.

세상에 존재하는 그 무엇이라도 환경과 세월의 압박을 거스를 수 없다. 그 압박이 때로는 흠집을 야기한다. 이때 누군가는 관리 모드를 꺼버리지만 누군가는 더 큰 관심과 사랑으로 상처를 보호하고 강화유리를 씌워주며 관리 모드를 지속한다.

나는 내가 아끼는 물건이나 마음에 흠집이 났을 때 어떻게 반응하는가? 관리하지 않은 자동차는 세월이 흐르면 폐차가 되지만 관리한 자동차는 세월이 흐를수록 'Classic' 즉, '명작'이라는 호칭이 붙는다. 타인보다 더 무관심한 시선을 주면서 곪든 말든 신경조차 쓰지 않아 점점 야위어가는 내 마음이 다시 본래의 찬란한 빛깔을 찾아 클래식이 될 수 있도록 더 세심히 관리해줘야 한다. 누가 알아보건 말건 상관없다. 가장 소중한 내가 누구보다 잘 알아보고 만족해 줄 테니까.

'마음'은 스스로 지키고 아껴줘야 한다. 다른 누군가의 시선과 평가는 하나도 중요하지 않다. '마음'은 오로지 당신의 따스한 시선과 손길만을 기다리고 있다.

지극히 나를 위한 체크리스트

3가지 질문에 답이 명쾌하게 나온다면 마음 관리가 잘되고 있다는 반증이다. 생각해 보고 답해보자. 마땅히 떠오르지 않는다면 나의 마음을 위해 잘 찾고 실행에 옮겨보자.

1. 최근에 즐거웠던 일은? ☐

_____

_____

2. 나의 삶의 낙(활력소)은? ☐

_____

_____

3. 나에게 해주고 싶은 선물은? ☐

_____

_____

02
'나'를 먼저 알아야 한다

"다름 아닌 자신에게 전력을 다하고 충실하라. 자기를 내버려두고 남의 일에 정신이 팔려 있는 사람은 자신의 갈 길을 잃어버린 사람이다."

공자

상담심리학을 공부하며 제일 좋은 점을 꼽자면 나에 대해 좀 더 깊이 알게 되었다는 것이다. 보다 정확하게 이야기하자면 나에 대한 관심을 갖기 시작했다는 것이다. 공부를 시작할 즈음, 내담자 입장이 되어보는 경험을 쌓고자 심리 상담을 받았었다. 그때 내가 상담실에서 가장 많이 했던 말은 "잘 모르겠어요."였다. 선생님이 하시는 다양한 나에 대한 질문에 제대로 대답할 수 있는 것이 없었다. 어떤 회기는 "모르겠어요."만 연발하다 울컥해 버려 울기만 했던 적도 있었다. 질문의 내용이 구체적으로 기억이 나지는 않지만 나에게 굉장히 미안한 감정을 느꼈다는 것은 또렷하게 남아 있다.

'30년을 넘게 나로 살고 있으면서, 이렇게나 나에 대해 제대로 대답할 수 있는 것이 없다니!'

스스로 너무 모른다는 사실에 충격을 받고 그제서야 시간을 들여 나를 들여다보았다.

힘이 없네? – 뭘 해줄까? 내가 뭘 했을 때 힘이 좀 났었더라?

우울해? – 바람 쐬러 갈까? 어디 갔을 때 기분이 좋았었지?

지금 기분이 좀 나쁘네? – 내가 이런 부분을 싫어하는구나. 이게 불편한 이유가 뭘까?

부끄럽게도 30대 중반이 되어서야 내가 정말 좋아하는 것, 내가 싫어하는 것, 불편하지만 참고 있는 것 등 '나'라는 사람에 대한 탐구를 시작했다. 우리는 어렸을 때부터 형제들, 친구들, 그 밖의 우리가 만나는 많은 사람들과 좋은 관계를 유지해야 한다고 가르침을 받아왔다. 양보하고, 존중하고, 돌보는 다양한 방식을 배워왔다. 그래서 '누군가'를 향한 양보, 친절, 존중은 익숙하다.

하지만 '나'를 향한 양보, 친절, 존중은 어떠한가? 나는 그것이 낯설었다.

요즘 마음 관리에 대한 관심이 부각되면서 자기 돌봄의 중요성을 많이들 이야기한다. '자기 돌봄'이라니 '돌봄'이라는 단어가 '나'에게 쓰는 단어가 맞나? 처음 이 단어를 마주했을 때 어색하게만 느껴졌다. 이 험난한 세상을 지치지 않고 살아내기 위해서는 자신에게 관심을 가지고 자신과 잘 지내야 한다는 가장 중요한 사실을 적어도 내가 교육받을 당시에는 가르쳐주지 않았던 것 같다.

우리 사회의 많은 성인들이 자신에 대한 관심과 탐구를 낯설게 여기고 있지는 않을까? 스스로를 어떻게 돌봐야 할지 모른 채 만성 스트레스를 당연하게 여기며 살아가고 있지 않을까? 불과 얼마 전까지의 나처럼 말이다. 나와의 관계는 그 누구와의 관계보다 중요하다. 관계에서, 상황에서, 삶의 여러 부분에서 하루에도 몇 번씩 고난을 경험하는 나를 얼마나 잘 보살피고 있는가? 얼마나 관심을 갖고 있는가?

나와의 관계가 좋아야 다른 사람과의 관계가 좋을 수 있다. 내가 나를 먼저 존중해야 상대도 나를 귀하게 여긴다. 좋은 관계의 시작은 관심이다. 관심 어린 눈으로 지금, 나를 한번 살펴보자.

당신은 스스로에 대해서 얼마나 알고 있는가?

진정한 '나'를 발견하기 위한 체크리스트

1. 음식, 취미, 사람, 말 무엇이든 좋다! 내가 좋아하는 것과 싫어하는 것은? ☐

_____

_____

2. 내가 잘하는 것은? ☐

_____

_____

3. 나의 장점을 10개 나열해 보자. ☐

_____

_____

4. 나는 어떤 사람인가? 이 질문에 떠오르는 문장 혹은 단어를 자유롭게 적 어보자. ☐

_____

_____

03

내 마음이 가진
3가지 버튼을 관리하기

"우리가 가장 헛되이 보낸 날들은 웃지 않았던 날들이다."

샹포르

"울기를 두려워하지 말라.
눈물은 마음의 아픔을 씻어 내는 것이다."

인디언 격언

"누구나 화를 낼 수 있다.
따라서 이는 매우 쉬운 일이다.
그러나 적절한 사람에게, 적절한 시간에,
적절한 정도로, 적절한 목적으로,
적절한 방법 안에서 화를 내기란 대단히 어렵다."

아리스토텔레스

어느 날 문득 '살면서 사람이 가장 빈번하게 탑승하는 탈 것은 무엇일까?'란 생각을 해 보았다. 그것은 자동차나 버스가 아닌 엘리베이터일 수도 있겠다는 생각이 들었다. 탑승의 빈도만큼이나 나에겐 엘리베이터에 관련된 웃픈 에피소드도 몇 개 존재한다. 얼마 전에도 그랬다. 강연을 위해 종로의 모 빌딩을 방문했을 때 벌어진 일이다. 꽤 높은 층에 교육장이 있었기에 승강기를 찾아 탑승한 뒤 도착 층수를 눌렀다. 승강기의 문이 닫히려는 찰나 저 멀리서 한 여성이 헐레벌떡 승강기를 향해 달려오고 있었다. 마침 승강기에는 나밖에 없었던 터라 얼른 열림 버튼을 눌렀다. 그런데 이게 무슨 일인가? 엘리베이터는 버튼 입력에 전혀 반응하지 않고 "문이 닫힙니다."란 건조한 AI음성과 함께 몇 발의 차로 여성을 따돌리며 손 쓸 겨를도 없이 매몰차게 문을 닫고 출발해 버렸다. 정말 눈 깜짝할 새 벌어진 일이었다. 문은 또 어찌나 맹렬한 속도로 닫히던지 손 쓸 겨를조차 허락하지 않았다. 엘리베이터 문 틈 사이로 여성분의 원망 가득한 탄식소리가 들렸다. 미안함과 무안함이 동시에 밀려왔다. 혹시 닫힘 버튼을 열림 버튼과 혼동해 눌렀나 싶어 눈을 크게 뜨고 다시금 확인해 보았다. 분명히 열림 버튼이었다. 교육장 층수에 도착해 내리기 직전 혹시나 하는 마음에 열림 버튼을 다시 한 번 눌러보았다. 하지만 역시 승강기 문은 전혀 반응하지 않았다. 열림 버튼이 고장 났던 것이다. 고장 난 버튼 하나 때문에 졸지에 인정머리 없는 사람이 되어버린 것이다. 어찌 되었건 그 뒤 승강기의 고장 난 버튼을 떠올리며 들었던 생각이 있었다. '사람에게도 승강기처럼 버튼이 있다면 어떤 버튼이 있을까?', '그 버튼이 올바르게 작동하지 않는다면 어떤 상황이 벌어질까?', '고장이 나지 않으려면 어떻게 관리를 해야 좋을까?'

곰곰이 생각해 보면 우리에겐 몇 가지 버튼이 있다. 일상 속에서 한 번씩 들어 본 적이 있을 것이다. '웃음 버튼', '눈물 버튼', '분노 버튼'이 그것이다. 이 3가지 버튼은 잘 관리하면 삶을 만족스럽게 만들어주지만 고장 난 승강기처럼 열려야 할 때 잘 열리지 않는다면 삶을 피폐하게 만들 수 있는 버튼이다.

먼저 '웃음 버튼'에 대한 얘기를 해보자. 웃음의 효능은 열거하는 것 자체가 글자 낭비이다. 삶이 의미 있게 다가오는 대부분의 순간들은 웃음이 함께한다. 이 버튼이 잘 열리지 않는다면 그것만큼 불행한 인생도 없다. 내겐 떠올리기만 해도 웃음을 터지게 만드는 웃음 버튼 형이 하나가 있다. 이 형은 원체 표정 근육이 잘 발달해서 특별한 노력 없이 특유의 표정만 지어도 배꼽을 잡게 만드는 재주가 있다. 그 표정의 임팩트가 상당해서 머릿속에 한번 자리 잡으면 잘 떠나지 않는다. 내 주변엔 온통 진중한 사람밖에 없다면 유튜브에 '발연기 모음'만 검색해도 얼굴 만면에 웃음을 띄우는 건 일도 아니다. 내 스마트폰에는

'웃음 버튼 앨범'도 존재한다. 각종 게시판에서 퍼온 일명 '짤'이나 지인들이 보내준 재미난 사진들이 듬뿍 저장되어 있다. 좋은 추억이 담긴 사진과 영상들도 한몫한다. 가끔씩 기분이 처질 때에는 이 앨범을 뒤적거리며 결핍된 웃음을 보충해주곤 한다. 내가 아는 한 분은 좋아하는 동물 사진을 잔뜩 모아서 틈틈이 뒤적이며 미소 짓곤 한다. 만약 좋아하는 취미 활동이 있다면 이 또한 훌륭한 웃음 버튼이 되어준다.

무엇보다 이런 오감의 자극이 웃음 버튼이 되기 위해서는 자신에게 친절한 마음이 기반이 되어야 한다. '내가 이렇게 웃을 자격이 있나?', '뭘 잘했다고 웃고 앉아 있지?'와 같이 스스로를 학대하는 내적 대화는 웃음 버튼을 아무리 눌러도 반응하지 않게 만들어 버린다. 지금 당장 거울을 들고 내 입꼬리의 각도를 확인해 볼 것을 추천한다. 내려간 입꼬리만큼이나 그간 스스로에게 불친절한 대우를 했음을 자각하는 것으로부터 웃음 버튼의 활성화는 시작된다.

두 번째는 '눈물 버튼'이다. 눈물도 웃음만큼이나 만만치 않은 장점을 가지고 있다. 무엇보다 울고 나면 스트레스 호르몬이 눈물과 함께 배출되어 심신 건강에 도움을 준다. 나는 가끔씩 이 버튼을 누르고 싶으면 감동적인 영화의 명장면을 찾아서 본다. 지극히 개인의 취향이지만 〈타인의 삶〉이나 〈인생은 아름다워〉의 몇 장면은 보고 또 봐도 눈물이 나오게 만든다. 들국화의 〈제발〉이란 노래도 내 눈물버튼을 작동시키는 노래이다. 울분이 올라오는 날에는 볼륨을 높이고 처연한 마음을 극대화하여 큰 목소리로 이 노래를 따라 부른다. 최근에는 눈물 버튼이 하나 더 추가되었다. 지금은 함께하지 못하는 '아버지'이다. 아버지와 관련된 노래나 따스한 부성애가 느껴지는 영상은 몇 초만 스쳐도 내 안구에 치명적인 자극이 된다. 눈물이 가득 차 오르면 마를 때까지 그대로 흐르게 둔다. 그리고 호흡을 크게 한 번 '후~' 하고 내쉬게 되면 후련한 느낌이 든다. 이 눈물 버튼은 안구뿐 아니라 마음을 정화하는 소중한 버튼이다.

사실 이 눈물 버튼은 웃음 버튼만큼 활성화되기 쉽지 않다. 일단 물리적으로 웃음보다 울음은 예열 시간이 오래 걸린다. 거기에 더해 우리의 무의식엔 눈물에 대한 억압이 강하게 자리 잡고 있다. '내가 눈물을 흘리려 하다니. 이건 몹쓸 감정이야.' 하며 자신의 감정을 눌러버린다. 이런 식으로 감정이 표출되지 않고 쌓여만 갈 때 결국 사소한 일에도 규모에 어울리지 않는 거대한 화와 짜증이 치밀어 오른다. 그렇기에 슬픈 감정이 올라오면 생각과 이성으로 누르지 말고 눈물 버튼을 있는 힘껏 눌러주는 것이 좋다. 현재 내 정서가 잘 대변하는 콘텐츠를 활용해 보는 것도 도움이 된다. 연인과 헤어진 후 기분을 전환하기 위해 신나는 음악을 듣는 것보다 처연한 발라드를 들으며 눈물을 방출하는 것이 훨씬 더 효과적이다. 눈물은 스트레스 호르몬뿐 아니라 덕지덕지 붙어 있던 미련의 조각도 배출시키는 효능이 있다. 그리고 나 혼자 이런 상황에 처해 있는 것이 아니라 모두들 각자의 힘듦이 존재한다는 일종의 연대 의식은 나지막한 위로가 된다.

세 번째는 '분노 버튼'이다. 분노 버튼이란 한 사람이 발작을 일으킬 만큼 절대 건드리면 안 되는 부분을 뜻한다. 엘리베이터로 따지면 비상 버튼에 해당된다. 자주 누르는 상황이 오면 안 되는 버튼이다. 하지만 명절 때 가족들이 한자리에 모이면 이 버튼이 자주 활성화되어 큰 불화로 이어지기도 한다.

"너도 이젠 나이가 있는데 결혼을 해야지?"
"결혼을 했으면 아이를 가져야 하지 않겠니?"
"누구는 대기업 어디에 입사했다는데 일자리는 구했니?"

아무리 평화로워도 이 버튼이 눌리면 한순간에 비상 상황이 된다. 이 버튼은 소중한 관계일수록 더욱 민감하게 관찰해서 쉽게 눌리지 않도록 신경 써야 하는 부분이다. 버튼을 눈치 없이 누르는 사람도 잘못이지만 버튼의 주인도 상대방이 쉽게 누르려 하면 막아낼 수 있는 안전장치를 만들어 놓아야 한다. 엘리베이터의 비상 버튼도 자세히 보면 버튼 위에 개폐식의 안전 덮개가 하나 더 자리 잡고 있다. 누르기 전에 다시 한번 신중하게 살피라는 뜻이다. 이 안전장치가 잘 작동하는 사람의 특징은 현실을 회피하지 않고 직면한다. 그리고 "So What?"의 태도를 견지하며 별로 개의치 않는다. 나의 생각과 가치가 중요하지 남이 어떻게 생각하고 어떤 감정을 사용하건 그건 그 사람의 몫이라고 생각하며 내 마음 공간을 안전하게 지켜낸다. 타인의 평가에 휘둘리며 내 소중한 감정과 혈압을 낭비할 필요가 없는 것이다. 그럼에도 불구하고 무지성으로 심기를 자극하는 무례한 사람에겐 내 심신에 무리가 가지 않는 선에서 참지 말고 적절히 버튼을 눌러줄 필요도 있는 버튼이 분노 버튼이다. "당신이 나에게 건네는 특정 행동이나 말이 나의 마음을 자극하고 있고 그것은 나에게 불쾌감을 준다. 그러니 한 번 더 이런 일이 생기게 되면 나 또한 참기 어렵다."고 말이다.

특정 감정을 유발하는 버튼 속에는 감춰진 소망이 있다. 친한 친구와 모처럼 만나 수다를 떨며 웃음 버튼을 가동시키고 싶은 날은 누적된 고독감을 탈피하고 존재감 있는 나의 모습을 확인하고 싶은 소망이 담겨 있다. 회사에서 어느 날 분한 마음에 눈물이 날 것 같다면 업무의 적성, 동료와의 불화 등 다양한 원인이 있겠지만 궁극적으로는 내 마음이 쉬고 싶고 보다 더 좋은 상황을 만들고 싶은 소망이 숨겨져 있는 것이다. 이렇게 감정을 잘 인식하고 그 속에 반영된 내 소망을 정리해 보는 것으로부터 본격적인 마음 관리가 성사된다.

'웃음 버튼', '눈물 버튼', '분노 버튼' 이 3가지 버튼은 우리 마음에 큰 영향을 주는 버튼들이다. 잘 관리해 주지 않으면 앞서 얘기한 엘리베이터처럼 내 의지와는 무관하게 마음의 문을 굳게 닫고 말 것이다.

"당신의 웃음 버튼은 무엇인가?"
"당신의 눈물 버튼은 무엇인가?"
"당신의 분노 버튼은 무엇인가?"
"그 안에 숨겨진 당신의 소망은 무엇인가?"

04
늘어져도 괜찮아,
잘하고 있어

"당신이 되고 싶었던 어떤 존재가 되기에는 지금도 절대 늦지 않았다."

조지 엘리엇

지난 주말 친한 친구가 결혼을 했다. 중학교 때부터 25년을 알아 온 친구의 결혼식은 보는 내내 뭉클했고 진심으로 기뻤다. 친구의 결혼을 기념하며 함께 학창 시절을 보낸 친구들이 오랜만에 한자리에 모였다. 철없던 시절부터 많은 경험을 함께 나눈 친구들이 이제 대부분 엄마 혹은 아빠가 되었고, 제법 의젓한 모습으로 배우자와 아이들을 동반하였다. 그리고 그런 자리에선 늘 그렇듯 나를 포함한 미혼자 몇 명이 타깃이 되었다.

"이제 너희만 남았네~", "언제 결혼할 거야?"

39살의 미혼녀를 바라보는 세상의 시선은 그리 곱지 않다고 느껴진다. '제때'에 결혼하지 못했다는 이유로 연민의 시선을 받기도 하고 꾸지람을 듣기도 한다. 많은 사람이 스무 살이 되면 대학에 가고, 20대 중반부터 취직을 하고, 30대엔 결혼과 출산을 한다. '제때'에 이루어야 할 과제를 수행하지 못하면 마치 인생을 잘못 살고 있는 '루저'로 여기는 듯하다. 내가 대세의 무리에 속해 있지 않다고 해서 정말 나의 삶이 잘못된 것일까?

우리 사회가 정한 수많은 '적령기'와 '나의 때'가 다를 수 있다. 스무 살에 대학을 가지 못했다고 해서 인생이 실패한 것은 아니다. 그 시절을 지내온 사람들이 많이들 이야기하듯, 대학 진학이나 진로 결정이 몇 년 늦는다고 해서 인생이 무너지지 않는다. 그러나 막상 나의 일이 되면 남들과 다른 일 년 일 년이 억겁으로 다가온다. 초조함과 열등감에 괴로워진다. 진로에 대한 결정도, 결혼도 인생에서 매우 중요한 선택의 순간이다. '세상의 때'에 떠밀려 제대로 된 선택을 하지 못할 경우, 더욱 험난한 인생을 마주할지도 모른다.

내가 조금 늦는다고 해서 너무 조바심을 느끼고, 나의 삶을 부정적으로 여기지 않아야 한다.

사람들의 성격과 기질, 환경은 모두 다르다. 삶의 과업을 이루는 시기 또한 다른 것이 어쩌면 마땅한 일이다. 가까운 누군가의 취직 소식에, 결혼 소식에, 출산 소식에 의기소침해지지 않아도 괜찮다. 다른 사람의 삶과 사회의 기준 때문에 열심히 살고 있는 나를 스스로 작아지게 만들지 말자.

10년 가까이 무명으로 보내며 실패한 개그맨으로 평가받던 유재석 씨는 20년째 국민 MC 자리를 지키고 있다. 결혼 적령기에 제 짝을 만나지 못했던 나의 고모는 늦은 나이에 인생의 동반자를 만나 누구보다 행복한 50대를 보내고 있다.

우리의 삶은 진행 중이다. 지금 남들보다 뒤처져 있다고 해서 실패했다고 속단하지 말자. 곱지 않은 사회의 시선에 나까지 동조하여 스스로를 한심하게 여기지 말자. 그러기엔 아직 나의 시기를 기다리고 있는 내 가능성과 남은 삶이 너무 안쓰럽다. 내게 어울리는 모습으로, 적정한 시기에 크게 피어오를 나의 인생을 다그치지 말고 따뜻하게 응원해 주는 것은 어떨까?

"조금 늦어져도 괜찮아. 지금도 충분히 잘하고 있어. ○○야!"

05
재미 불감증에서 벗어나라

"재미가 없다면 왜 그것을 하고 있는가?"

제리 그린필드

우리는 살면서 부정적인 생각을 더 많이 할까? 아니면 긍정적인 생각을 많이 할까? 그냥 사람 by 사람일까?

도서 『부정성 편향』의 저자 존 티어니와 바우마이스터는 "우리의 뇌가 생존을 위해 부정성에 초점을 맞추도록 진화했으며, 이로 인해 미래를 비교적 암울하다고 생각하기 쉽다."라고 했다. '부정성 편향'은 부정적인 정서가 긍정성보다 우리에게 더 강력한 영향을 미치는 보편적인 경향성을 뜻한다. 가만히 멈춰서 생각해 보면 자신에게 희망적이며 감사할 부분들이 얼마든지 있지만 우리는 그런 것에 좀처럼 눈길을 주지 않는다. 대신 부족한 것, 나에게는 없지만 남에게는 있는 것, 실패한 것, 상실한 것, 손해 본 것에 초점을 맞춘다. 그로 인한 결과는 다가오지 않을 사건에 대한 걱정과 우려, 과거의 부정적인 경험만을 근거로 삼아 전반적으로 삶 자체를 암울 모드로 바라보는 부정적 일반화가 일어나기 십상이다. 이러한 걱정과 우려, 부정적 일반화의 종착지는 우울증을 동반한 여러 가지 정신적 신체적 악화 증상들이다.

심리학자 바바라 프레데릭슨은 자신의 저서『긍정의 힘』에서 이러한 부정성 편향을 극복하기 위해서는 마치 영양제를 복용하듯 의식하며 자신에게 골고루 사용해 줘야 할 10가지의 긍정적 정서에 대해 얘기했다.

10가지 긍정 정서의 키워드는 다음과 같다.

자부심 : 자기 스스로 자신의 가치나 능력을 당당히 여기는 마음

재미 : 웃음이 절로 터져 나오면서 느끼는 유쾌하고 즐거운 기분

강화 : 탁월한 영감을 받아 나의 생각과 감정이 바람직하게 변화함

경외 : 어마어마한 규모와 위대함에 놀라고 신기한 느낌

사랑 : 사람들과의 친밀함과 상호 돌봄의 모든 순간

감사 : 내 주변 사람과 환경이 소중하다고 느껴질 때의 마음

기쁨 : 내가 원하는 일이 순조롭게 이루어졌을 때의 흡족한 느낌

호기심 : 새로운 것, 모르는 것을 알고 싶을 때의 벅차오르는 마음

희망 : 지금 당장은 힘들지라도 앞으로 긍정적으로 변할 수 있다는 마음

평온 : 주변 환경이 차분하여 편안하고 안전한 느낌

    요즘 당신에겐 어떤 키워드가 가장 필요하며 결핍되어 있는 키워드인가? 이 중에는 노력하지 않아도 이미 잘 쓰는 정서들도 많겠지만 부쩍 사용 빈도가 줄어든 정서들도 분명히 존재할 것이다. 나는 가끔 강의를 할 때 위의 키워드를 띄워 놓고 지금 여러분에게 가장 필요한 단어는 무엇인지 물어보는데 성인들에게 가장 많이 선택받는 키워드는 '재미'다. 요즘 들어 재미를 못 느끼겠다는 소위 '재미 불감증'에 걸린 사람들을 주변에서 흔하게 찾아볼 수 있다. 재미의 정의는 '웃음이 절로 터져 나오면서 느끼는 유쾌하고 즐거운 기분'이다. 조금 더 세분화해 보자. 웃음의 정의는 무엇일까? 바로 '고정관념이 깨질 때 나오는 놀람의 소리'이다. 보통 그렇지 않은가? 우리가 재미있다고 느끼며 웃음이 터지는 순간을 생각해 보면 내 예상을 깨는 상황을 직면할 때가 대부분이다. 나는 기업에서 소통 강의를 할 때 직장 동료에게 거창하고 부담스러운 화제보다는 부담 없는 스몰 토크를 많이 해야 좋다는 말과 함께 실습을 제안한다. 그리고 아래의 말 한마디를 짝꿍에게 건

네 보라고 한다.

"당신과 평생을 함께하고 싶어요."

이 부분에서 어지간하면 크고 작은 웃음이 터지고야 만다. 강사는 분명 아무 부담이 없는 말이라고 했는데 막상 자신의 입에서 나온 말은 상당히 부담스러운 말이기에 '부담 없음'에 대한 고정관념이 깨지는 상황을 겪었기 때문이다. 재미의 두 가지 축은 '예상'과 '실행'이다. 재미를 찾기 위해선 실행을 해보기도 전에 미리 부정적인 관념을 갖는 습관을 깨 나가야 한다.

새로운 군것질이나 음식을 보아도 "어차피 내가 아는 그 맛일 거야."
재미있어 보이는 축제가 있어도 "가면 사람만 득실거리지 사서 고생이야."
모처럼 재미있다는 신작 영화가 나와도 "어차피 짜고 치는 고스톱인데 뭘."
정말 마음에 드는 이성을 만나도 "어차피 나 같은 걸 좋아할 리 없잖아."

이런 부정적인 관념은 권총의 안전장치처럼 그 어떤 웃음도 터지지 못하도록 방지한다. 또한 지나칠 정도로 거창하거나 낙관적인 기대는 재미를 반감시킨다. 내가 떠날 여행지엔 엄청난 이벤트와 황홀한 전경이 기다리고 있을 거라는 기대는 결국 "이래서 내가 여행을 안 가,

역시 집이 최고라고 했잖아."라는 푸념으로 종결될 것이다. 종합하면 부정적 관념과 거창한 기대의 부피를 줄이고 실행과 감탄의 부피는 키우는 것이 재미를 내 것으로 만들 수 있는 방법이다. 게임 디자이너 제시 셸의 정의에 의하면 재미는 '감탄을 수반한 즐거움'이라고 했다. 표현도 근육과 같아서 쓰면 쓸수록 강화되고 자연스러워지지만 쓰지 않으면 퇴화되고 부자연스러워진다. 근육이 발달되면 더 쉽게 무거운 물체를 많이 들 수 있게 되는 것처럼 감탄근육이 발달한 사람에겐 조그마한 일에도 쉽게 즐거움이 찾아오는 건 어찌 보면 당연한 일이다.

웃음과 재미가 실종되는 것은 누가 정해주지 않은 틀과 진지한 상황 속에 스스로를 가두고 자신의 모습을 한 가지로만 규정해서 그렇다. 마치 그 틀을 벗어나면 큰일이 나는 것처럼 생각하며 행동반경을 점점 좁혀 나간다. 내 안에는 아직도 발견되지 않은 의외성이 수천 가지는 된다는 것을 알아야 한다. 아니 그렇다고 믿어야 한다. 지나치게 많은 생각과 고정관념을 버리고 때로는 일탈과 가벼움을 사용해야 한다. 우리는 너무 쓰던 말만 하고 익숙한 행동만 반복한다. 그러면서 점점 그토록 바라지 않던 재미없고 고리타분한 꼰대가 되어간다.

오늘 하루라도 가장 나답지 않은 말과 도전을 나에게 선사해 보자. 새로운 언어와 도전은 보다 흥미로운 이벤트를 부록처럼 가져올 것이다. 내 안에 감춰져 있던 다양한 모습을 발견하는 것이 세상에서 가장 재미있는 일이다. 당신이 여기까지 읽고 나서도 "에이~ 어차피 나랑은 상관없는 얘기야."라는 부정적 관념으로 이어지지 않기를 간절하게 소망해 본다.

나만의 재미를 만들기 위한 체크리스트

1. 10가지 정서 중에서 내게 가장 결핍된 정서는 무엇인가?(자부심, 재미, 강화, 경외, 사랑, 감사, 기쁨, 호기심, 희망, 평온) ☐

_____

_____

_____

2. 결핍된 정서를 채우기 위해 나에게 해주고 싶은 일은 무엇이 있을까? ☐

_____

_____

_____

3. 이번 달 나를 위해 가장 시도되지 않은 '재미 이벤트'를 기획한다면 무엇을 할 수 있을까? ☐

_____

_____

_____

06
미루지 말고 지금 행복하기

"행복이란 미래를 위해서 미뤄둬야 할 것이 아니라, 현재를 위한 것이다."

짐 론

정말 오랜만에 야구장에 갔다. 아마 6~7년 만인 것 같다. 사실 야구를 즐겨보지도 않고 딱히 응원하는 팀도 없다. 그저 지인의 권유에 마다하지 않고 동행했을 뿐. 경기 시작 시간에 맞춰 야구장 앞에서 만나 야구를 관람하며 먹을 음식을 골랐다. 야구장에서 그렇게 다양한 음식을 만나게 될 줄 몰랐다. 치킨, 피자, 곱창, 삼겹살, 햄버거, 핫도그, 만두, 떡볶이…. 뭘 먹어야 하나 즐거운 고민을 잠시 하다가 치킨과 맥주를 사서 경기장에 들어갔다.

평일임에도 불구하고 가득 메워진 좌석과 사람들의 함성에 가슴이 두근거렸다. 치킨에 맥주를 마시며 동행한 지인들이 응원하는 팀을 함께 응원했다. 우리 팀이 안타를 치면 손뼉 치며 일어나 진심 어린 기쁨에 환호하고, 실점하면 마음껏 안타까워했다. 야구에 집중하는 동시에 음식도 야무지게 즐겼다. 놀랍게도 요즘 야구장은 앱을 통해 좌석으로 음식도 배달받을 수 있다. 치킨을 모두 먹어 치우고 만두와 떡볶이를 주문했다. 야구장의 어느 만둣집에서 파는 떡볶이는 정말 기가 막히게 맛있었다. 떡볶이의 맛에 감탄하면서 기대하고, 실망하고, 기뻐하는 것을 반복하며 경기를 즐겼다. 연장전까지 이어진 경기는 결국 7:8로 우리가 응원하던 팀이 지고 말았다.

물론 이겼으면 승리의 기쁨이 더해졌겠지만 결과와 상관없이 그날 나는 충분히 행복했다. 야구장에 있는 동안은 과거도 미래도 아닌 '지금, 여기'에 몰입되어 있었고, 그 순간에 머물러 마음껏 즐길 수 있었다. '행복'을 경험했다.

수많은 순간과 오늘들이 모여 내 삶을 이룬다는 것을 알면서도 그 순간에 머무르는 것이 쉽지 않다. 이제 와서 어찌해 볼 수 없는 지난날을 후회하고, 미래를 불안해하며 지금을 흘려보낸다. 행복한 삶을 추구하면서도 갖가지 조건을 달아가며 행복을 미룬다.

몇억을 모으면,

내 집을 마련하면,

사회적으로 인정을 받으면….

  스스로 규정한 '행복한 삶'을 쫓으며, 스쳐 가는 순간의 행복들을 너무 간과하고 있다. 의외로 많은 일상의 즐거움을 너무 쉽게 지나쳐버린 채 허상의 행복을 막연하게 기다리고 있는 것은 아닐까? 행복은 만족과 기쁨을 느끼는 상태를 뜻한다. 과거나 미래에 열중하지 않고 현재 내가 보고 듣고 맛보고 행하는 '지금, 여기'에서 만족과 기쁨을 발견하는 것이 오늘을 행복하게 사는 길이다.

  4월 초, 어딜 가도 예쁘게 활짝 핀 꽃들이 반기고 있다.

  친구들과 메신저로나마 수다를 떨며 힘든 하루에 대한 위로를 주고받는다.

  집에 돌아와 씻고 나온 후 마주한 침대가 너무나도 편안하다.

  돌아보면 오늘 하루도 그냥 지나쳐버린 행복한 순간들이 많았다. 그 순간에 조금 더 머물렀더라면 어땠을까? 기쁨을 좀 더 자주 마주하며 더욱 마음 충만한 하루를 보냈을 것이다. 순간에 머물러 최선을 다하는 것만으로도 하루는 더욱 생동감 있다. 즐거운 순간을 더 진하게 경험할 수 있다.

지금 이순간, 당신의 머릿속을 가득 메운 것은 무엇인가? 과거인가? 미래인가? 현재에 머물자. 여기서 당신에게 집중하자.

밖은 폭우가 쏟아지지만 카페에 앉아 따뜻한 차를 마시고 있는 지금, 소소한 행복이 느껴지는 이 순간에 잠시 깊게 머물러보고자 한다.

07
작은 것에 얽매이지 마라

"중요하다고 생각되는 모든 것을 가져다가 영혼의 저울에 달아보십시오. 순간뿐 아니라 앞으로 몇 년 동안 각 항목이 실제로 얼마나 영향을 미치는지 묻습니다. 중요한 것으로 위장한 사소한 일을 모두 버리고 진정으로 중요한 일을 위해 시간을 남겨두십시오."

브라우닝, 「한 밤의 명상록」

오랫동안 아끼던 검은색 터틀넥 니트가 있었다. 적당한 목길이에 얇지만 따스하고 부드러운 울 소재의 터틀넥이었다. 평소 두상이 커 보일까 봐 터틀넥을 별로 좋아하지 않지만 그 검은색 터틀넥만큼은 두상을 부각하지 않으면서 다양한 재킷에 잘 어울려서 좋았다. 스산한 가을 공기가 코끝을 타고 들어오면 하루빨리 터틀넥을 입을 생각에 괜히 설레기도 했다. 그렇게 여러 계절의 기다림 끝에 춘추복 수납함에서 터틀넥을 꺼내던 날…. 나는 미소 대신 울상을 짓고 말았다.

말끔해야 할 니트가 어쩐 일인지 가슴팍 부근 상당히 넓은 부위에 걸쳐 보풀이 일어나 있었던 것이다. 다행히 집에 전동 보풀제거기가 구비되어 있어서 침착하게 스위치를 켜고 귓전을 따갑게 자극하는 절삭음을 견디면서 콩나물시루처럼 자라 있는 보풀을 제거했다. 피부를 팽팽하게 잡아 올리면서 면도를 하면 잘 깎이듯이 보풀이 심한 자리는 손으로 팽팽하게 늘려가며 힘껏 깎아나갔다. 너무 열심히 깎았던 탓일까? 한치의 보풀도 허락하지 않겠다는 의지의 산물은 결국 명치 부근에 동그란 구멍이라는 탐탁지 않은 보상으로 돌아왔다. 옷감을 너무 팽팽하게 늘려가며 깎았던 것이 패착이었다. 눈에 확연히 보이는 구멍은 아니었지만 미취학 아동의 검지손가락 정도는 들어갈 정도의 크기였다. 억장이 무너지는 느낌이었지만 '검은색 이너웨어를 받쳐 입으면 티가 덜 나지 않을까?' 하는 유연한 생각을 가지고 다음 날 강연 현장에 그 생각을 실행에 옮겼다. 하지만 문제는 거기서부터 시작되었다.

교육생들의 시선이 어쩐지 내 니트의 구멍으로 향하는 것 같은 의식을 가지게 된 것이다. 이 의식은 강의에 온전히 집중할 수 없도록 나를 괴롭혔다. 분명 지금은 웃을 타이밍이 아닌데 웃는 청중을 보며 '혹시 구멍을 보고 웃는 건가?'란 생각을 하게 되고 교육 담당자의 시선이 내 얼굴에서 조금만 아래로 떨어져도 화끈거리는 자극이 온 얼굴에 전해졌다. 강의를 마치고 도망치듯이 강의장을 벗어나 집에 돌아와서 곧바로 니트를 벗어던졌고 그 이후로 고스란히 수납함에 갇혀 선택되지도, 버려지지도 않은 채 고이 잠들게 되었다.

티가 잘 나지 않는 타인의 니트 구멍에 지속적인 관심을 기울이는 사람은 없다는 사실을 깨닫기까지는 그리 오래 걸리지 않았다. 나 또한 타인이 어떤 옷차림과 어떤 의식을 가지고 사는지 온 신경을 기울이지 않기 때문이다. 그럼에도 불구하고 유독 지나치게 신경 쓰는 부분이 저마다 하나둘씩은 있지 않은가? 타인에게는 사소하지만 자신에게는 결코 사소하지 않은 신경 쓸 거리는 무엇인가?

"유독 짧아진 내 머리스타일을 보고 사람들이 비웃으면 어떡하지?"
"발표할 때 속으로 엄청 떨었던 걸 들켜버린 건 아닐까?"
"내가 이 일을 시작한다면 남들이 하찮게 생각하지 않을까?"
"아까 얘기하다 무심코 침 한 방울이 튀어나왔어. 분명 상대방이 눈치채고 지저분하다고 생각했겠지?"

이렇듯 다른 사람들이 자신의 외적인 모습이나 행동과 결정에 실제보다 더 주의를 기울일 것이라 믿는 현상을 사회 심리학에서는 '스포트라이트 효과' 혹은 '투시의 착각 현상'이라 일컫는다. 이 현상과 관련하여 재미있는 실험이 하나 있다. 심리학자 티모시 로손은 대학생 무리에게 매우 큰 폰트로 'american eagle'이라고 쓰인 티셔츠를 입고 교내를 활보하며 친구들을 만나도록 했다. 실험 시간이 끝나고 난 후 자신이 입은 티셔츠의 문구를 대면한 타인 중 몇 %가 기억할 것 같은지 물어봤고 40% 이상이 정확히 기억할 것이라고 답했다. 결과는 어땠을까? 고작 10%도 안 되는 학생들만이 어렴풋하게 티셔츠의 문구를 기억해 냈다.

여러분이 지금 신경 쓰고 있는 '그것'은 아무도 신경 쓰지 않을 확률이 매우 높다. 그러니 도덕성과 사회적 윤리에 위배되는 것만 아니라면 당신이 신경 쓰는 것에 대해 느슨해지거나 혹은 과감하게 드러내도 괜찮다. 누군가의 말처럼 '그냥 Fun하고 Cool하게' 당신이 옳다고 생각하는 방향으로 담담하게 걸어 나가면 된다. 과거에 신경 쓰였던 그 일이 지금의 당신 삶에 아무 권한도 가지지 않는 것처럼 현재 지나치게 신경 쓰는 그 무언가 역시 앞으로도 당신의 삶을 뒤흔들지 못할 것이다. 내일은 오랜만에 내가 좋아하는 수제 구멍 에디션 터틀넥을 입고 근교로 마실이나 다녀와야겠다.

사소한 것에 신경을 끄게 만드는 체크리스트

1. 요즘 가장 신경 쓰이는 것은? ☐

_____

_____

_____

2. 지금 신경 쓰이는 '그것'에 대해 나와 같은 수준으로 신경을 쓸 것 같은 사람이 있는가? ☐

_____

_____

_____

3. 매우 신경 쓰였던 일이지만 시간이 흐르고 보니 아무것도 아니었던 일은? ☐

_____

_____

_____

08

사색이 더 좋은
내일을 가져온다

"경험이란,

나에게 일어난 일이 아니라

그 일에 대해 어떻게 대처하느냐 하는 것이다."

헉슬리

"당신 인생의 여러 경험 중에서 가장 의미 있고 행복했던 경험은 무엇인가요?"

누군가 뜬금없이 나에게 이런 질문을 한다면 뼛속까지 ENFP인 나는 수시로 대답을 바꿀 것이다. 하지만 현재까지는 "군 시절의 경험이 그 질문의 대답으로 아주 적합합니다."라고 또렷하게 말할 수 있다. 실제로 몇몇 사람의 유사한 질문에 비슷한 대답을 했었다. 그때 다수의 반응은 눈이 휘둥그레지며 "얼마나 편한 군 시절을 보낸 거냐?",

"혹시 사단장 아들이었냐?"며 비아냥거리기 일쑤였다. 말도 안 되는 소리다. 물론 내가 전역한 육군 모 사단이 특수 부대처럼 혹독한 훈련으로 유명한 곳은 결코 아니다. 하지만 다른 부대를 경험해 보지 않은 이상 자신의 군 생활이 가장 힘들고 고된 법이다. 여름에는 뜨거운 불판 위에 올려진 삼겹살이 된 심정으로 이리 뒤집히고 저리 뒤집히는 유격훈련을 받고, 겨울에는 세상에서 가장 춥고 광범위한 냉동 창고에 갇혀 하루라도 빨리 출하를 기다리는 동태의 심정으로 덜덜 떨며 혹한기 훈련을 겪었다. 되도록이면 '무계획이 상계획'을 지향하는 내가 한 치의 오차를 용납하지 않는 체계와 질서의 테두리 안에서 나름 치열한 적응기를 보냈다.

그래서일까? 그런 빡빡한 틈바구니 속에서 잠시나마 누리는 휴식과 일탈이 더욱 달콤하고 소중하게 느껴졌다. 사적인 생각에 심취할 수 있는 물리적인 공간과 시간이 허락되지 않았기에 매일 한두 시간의 불침번이 고통이 아닌 자유로 느껴졌다. 그때의 사색은 지금의 나를 있게 만든 소중한 원동력이 되었다. 환경의 제약 덕분에 번잡한 유혹에 흔들리지 않고 더 온전히 내 생각에 집중할 수 있었고 간절함을 키울 수 있었다.

정말 지독하다 싶을 정도로 집요하게 사람을 괴롭히는 악당 선임도

만났다. 하지만 그 사람을 통해 눈치와 위기관리 능력을 배웠다. 특히 일촉즉발의 순간에 능청스러운 유머가 상당히 큰 위력을 발휘한다는 것을 강하게 깨달아 남모르게 연구했고 여러 번 죽을 위기를 넘겼다. 당시 키운 능력은 내 업인 강의를 진행할 때도 종종 발휘되어 위기의 순간에 빛을 발한다. 이렇듯 다시는 돌아오지 않을 당시의 경험들은 시간이 지날수록 더 숙성되며 좋은 의미와 가치를 더해가고 있다. 힘들면 힘든 대로 좋으면 좋은 대로 당시에는 잘 몰랐지만 지나고 나니 모두 인생에 지대한 공을 세운 좋은 경험치가 되어 있었다.

심리학자 다니엘 골먼은 우리 내면에 작용하는 두 가지 자아 즉, '경험하는 자아'와 '기억하는 자아'를 구분하지 않으면 행복에 관한 논의를 할 수 없다고 말했다. 경험하는 자아는 '과거의 경험 그 자체'이고 기억하는 자아는 과거의 경험이 현재 우리의 정서에 어떠한 의미와 형태로 자리를 잡고 있는가에 대한 것이다. 우리가 삶을 뒤돌아보며 그동안 행복하게 살았는지, 불행하게 살았는지에 대해 판단할 때 강력한 힘을 발휘하는 주체는 기억하는 자아이다. 꽤 많은 수치의 특정 행동은 당시의 순간에는 별로 즐겁거나 행복하지 않아서 경험하는 자아에게는 만족감을 선사하지 못하는 경우가 많다. 하지만 시간이 흐른 뒤 기억하는 자아에게는 만족감과 행복감을 선사할 수 있다. 친구와 노는 시간이 훨씬 즐거운 사춘기 청소년에게 가족 여행은 경험하는 자아를 만족시키지 못할 것이다. 하지만 시간이 흘러 현재를 살아가는 기억하는 자아에게는 꼿꼿한 허리와 팽팽한 피부를 가졌던 부모님과 함께한 그날의 경험이 소중한 추억이 되어 큰 행복감으로 남는다.

그렇다고 모든 경험이 시간의 누적으로 인해 좋은 기억과 의미로 바뀌는 것은 아니다. 경험이 '경력'이 되고 기억이 삶의 '기력'으로 확보되기 위해서는 반드시 '사색'이라는 매개가 필요하다. 사색의 정의는 '어떤 것에 대하여 깊이 생각하고 이치를 찾는 것'이다. 낸시 네이피어 박사의 연구에 따르면 혼자 조용히 사색하는 시간을 가질 때 내면과 외면이 더욱 건강해지며 생산성이 증대된다고 했다.

그렇다면 경험 자아를 보다 내 삶에 도움이 되는 방향으로 이끄는 '사색'은 어떻게 하는 걸까?

먼저, 나를 위해 기꺼이 시간을 내야 한다. 아무리 바빠도 바쁨 속에 가장 치이고 있는 자신을 소중히 여겨 기꺼이 나를 위한 시간을 내는 것이다. 이것만 가능해도 사색을 위한 세팅은 끝났다고 봐도 무방하다. 어떤 사람은 자식을 위한 시간은 기꺼이 할애하지만 자신을 위한 시간은 잘 허락하지 않는다.

둘째, 나의 생각이 자유로워지는 공간을 선택해야 한다. 그곳은 책상도 좋고 침대도 좋다. 산책을 통해 내가 좋아하는 거리를 활보해도 괜찮다.

셋째, 온전한 사색을 방해하는 모든 것은 차단해 본다. 스마트폰과 게시판은 결국 내 생각이 아닌 타인의 생각에 발을 걸치게 만든다.

넷째, 자신의 경험을 깊게 회고해 본다. 혼자만의 시간을 갖다 보면 관심의 초점이 온전히 자신에게 쏠리기 시작하면서 처리해야 할 일과 지나간 일에 대한 상념이 떠오르며 불안한 의식이 생기게 된다. 이때 어떤 질문을 할 수 있는지에 따라 사색의 품질이 달라진다.

"나는 어떠한 사람이고 어떤 사람이 되고 싶은가?"
"반복되는 경험을 통해 무엇을 배우거나 얻었는가?"
"요즘 가장 꽂혀 있는 경험과 그에 따른 생각은 무엇이고 미래의 '기억하는 자아'에게 어떤 기억으로 남기고 싶은가?"

사색할 때 좋은 마음가짐은 당시의 경험이 현재의 삶에 미친 긍정적인 부분이 아주 작을지라도 분명 존재한다는 긍정적인 믿음이다. 풍부한 사색과 긍정적인 스토리텔링 능력은 더 이상 과거 때문에 발목

잡히는 내가 아닌 과거 덕분에 더 담담하고 단단하게 현재를 마주하며 앞으로 나아갈 수 있는 나를 만든다.

 * 나는 스스로에게 질문을 던지고 사색에 잠기고 싶으면 영화 〈토니 타키타니〉 OST의 수록곡인 류이치 사카모토의 〈Solitude〉란 노래를 들으며 많은 영감과 도움을 받는다. 듣다 보면 뜻밖의 감정이 올라와 눈물 버튼을 작동시키기도 한다.

 추천곡 류이치 사카모토 – **Solitude**

마음이 휘둘리지 않는
가치를 찾아야 합니다

"세상에는 두 부류의 인간이 있다.

한 부류는 자신의 길을 가는 인간이고

다른 한 부류는 그 길을 가는 사람에 대해 말하며 사는 인간이다."

니체

얼마 전 명절 때 살짝 당황스러운 경험을 했다. 차례상 차림에 필요한 계란을 사기 위해 대형 마트 내 계란코너에 들렀는데 "이게 웬걸?" 계란의 종류가 너무 많았던 것이다. 색상도 가격도 크기도 생각보다 다양했다. 게다가 각 계란의 특색도 다양해서 '무항생제 계란'부터 '청국장 먹인 계란'까지 수많은 계란이 나의 선택을 교란시켰다. 집 근처의 작은 슈퍼마켓엔 오로지 한 종류의 계란만 존재하는지라 쌓여 있는 계란 더미 중 멀쩡한 한 판을 집어 오면 그만이었지만 대형마트는 너무 많은 비교군이 있어서 혼란스러웠다. 결국 눈치껏 남들이 많이 사가는 계란을 집어 들었다. 계란 하나를 고르는 데에도 눈치를 보는 나의 모습에 조금은 씁쓸한 기분이 들었다. 수많은 개성과 특색이 있어도 결국 본질은 계란일 뿐인데 내가 정한 기준과 지향점이 없으니 눈치를 보게 되는 것이다.

나는 살면서 기준에 따라 기분과 행동이 달라지는 현상을 자주 경험하고 목격했다. 하다못해 운동을 할 때도 그렇다. 나는 체형과 건강의 유지를 위해 7년 넘게 스쿼시를 치고 있다. 다만 평범한 운동신경 덕에 구력에 비해 실력은 겸손한 편이다. 그러니 나보다 구력이 낮은 사람과 시합을 해도 곧잘 지는 편이다. 얼마 전에도 게임은 졌지만 재미난 시합을 한 뒤 정수기 앞에서 물을 마시고 있었다. 그때 유독 승부욕이 강한 동갑내기 친구 L이 다가와서는 나에게 이렇게 말했다.

"너보다 구력 짧은 사람한테 지는 거 좀 쪽팔리지 않냐?"
"글쎄, 그냥 재밌는데?"라고 답했다.
"진짜? 나는 그러면 되게 쪽 팔리고 열받던데…."

내게 중요한 것은 그리 긴 시간을 들이지 않고 민첩하게 뛰어다니며 땀을 흘리는 것이었다. 사람들 앞에서 화려한 실력을 뽐내는 것이 나에겐 중요한 것이 아니다. 하지만 L은 게임에 이기고 지는 것에 무게를 두는 친구라서 본인보다 낮은 구력의 회원에게 게임을 지면 분을 이기지 못해 반드시 꽤 많은 양의 생맥주를 벌컥벌컥 들이켰다. 열심히 운동을 해놓고 다음 날 속이 쓰리다며 하소연하는 L의 모습을 여러 번 목격했다. 건강을 얻기에 앞서 알코올 때문에 건강을 잃을 형국인 것이다. 이렇듯 중심을 어디에 두느냐에 따라 흔들림의 진폭이 달라진다. 대학교 동기인 J양도 예전에 이런 말을 했다. "내가 다니는 헬스 클럽은 너무 쭉쭉 빵빵한 사람들이 많아. 그래서 상대적으로 내 몸이 너무 비루하게 느껴지니 도무지 갈 마음이 생기지 않아."라고 말이다. 그 후 내가 알기로 J양은 3달치 이용권을 끊어놓고 3회 정도 헬스 클럽에 출입한 걸로 알고 있다. 매우 안타까운 일이다.

심리학자 드웩과 에임즈는 인생의 지향점을 '숙달 목표'와 '수행 목표' 두 가지로 분류하였다. '숙달 목표'란 과제 자체의 숙달 및 이해의 증진 등 학습 활동 자체를 통해 자신의 유능감을 늘리는 데 초점을 둔 목표를 말한다. '수행 목표'란 나의 능력을 타인과 비교하는 데 초점을 둔 목표이며 자신의 능력이 타인에 의해 어떻게 평가받는지에 중점을 두는 목표를 말한다. 따라서 숙달 목표를 가진 사람은 실패해도 학습의 일부라고 생각하며 다시 도전하지만 수행 목표를 가진 사람은 실패하면 타인보다 못났기 때문이라 생각하며 도전적 과제를 회피하는 상태에 다다르게 된다. 수행 목표를 가진 사람의 사각지대는 자기 자신이다. 주변의 시선과 평가에 얽매여서 정작 자신이 가진 고유한 개성과 강점을 잃어버린다.

 명품 브랜드인 H사의 한 광고에는 "모든 것은 변하지만 아무것도 변하지 않습니다.(Everything changes but Nothing changes.)"란 문구가 등장한다. 아무리 세상이 급변해도 그 화려함과 혼란함을 깨고 핵심으로 들어가 보면 변하지 않는 무언가를 만나게 된다는 것이다. 사람들이 패션을 통해 추구하는 궁극에 주목하여 흔들림 없이 H사가 가진 고유한 개성과 강점을 놓치지 않고 그 길을 묵묵히 걸어 가겠다는 결연함이 엿보이는 문구이다. 50년 가까이 똑같은 디자인의 버킨백이 비싼 가격임에도 여전히 H사에서 가장 잘 팔리는 이유가 바로 거기에 있는 것이다.

 우리의 삶 역시 마음을 뒤흔드는 여러 주제 속에서 비교와 평가에 중심을 둔 수행 목표보다는 내가 정한 미션 자체에 집중해서 흔들림의 진폭을 줄여주는 숙달 목표에 가까운 가치를 찾아 집중하는 것이 롱런의 비결이고 성장의 키가 될 것이다.

가치 탐색 체크리스트

1. 지금의 당신을 만든 변하지 않는 가치는 무엇인가? ☐

워드 리스트 : 지식 / 사랑 / 책임감 / 공유 / 시간관리 / 유연성 / 소통 / 인내심 / 예측 /
계획 / 수집 / 진실함 / 학습 의지 / 성실성 / 창의성 / 리더십 / 독창성 / 유머 / 감사 /
섬김 / 실행력 / 전략 / 배움 / 목표 수립 / 봉사 / 성장 / 용기 / 도전 / 균형

_____

_____

2. 앞으로 추구하고 싶은 가치는 무엇인가? ☐

_____

_____

3. 최근 새롭게 도전하고 싶은 것은 무엇인가?(하고 싶은 것 / 버리고 싶은
것) ☐

_____

_____

4. 그 도전의 이유는 무엇인가? 예를 들면 '남의 시선과 평가'인가? '나의 만
족감'인가? ☐

_____

_____

나의 내일은
오늘의 내가 만듭니다

"미래는 현재 우리가 무엇을 하는가에 달려 있다."

마하트마 간디

불과 한 달 전까지만 해도 자정이 되기 전엔 잠이 들었다. 그런데 최근 몇 주는 1시가 넘어서야 잠을 청한다. 하루를 보내기 전 침대에 누워서 보는 스마트폰의 재미에 푹 빠져 크게 중요하지 않은 정보들에 시간을 쏟는다. 내일 피곤할 것을 분명 자각하면서도 '조금만 더' 보는 것을 선택한다. 그 결과 늦게 자는 만큼 더 힘든 아침을 보내고 있다.

최근 몇 년간 내가 제일 잘한 일은 운동을 시작했고 현재까지 지속하고 있다는 것이다. 일을 마친 후 이미 지친 몸을 이끌고, 혹은 일을 가기 전 몽롱한 상태에서 수없는 나와의 싸움이 있었다. "내일 가자, 쉬자 오늘은." 스스로와 타협하여 일주일을 내리 쉰 적도 있었지만 '체력 관리와 노화 방지를 위해 운동만은 꼭 하자.'는 약속을 나름 열심히 지켜왔다. 덕분에 2년 전보다 수치상 건강한 몸 상태를 유지하고 있다.

작년 초, 올해는 '외국어 공부를 좀 해야겠다.'는 다짐을 하고 그나마 학창 시절 배운 적이 있어 친근한 일본어 학습 책을 구입했다. 그리고 일 년이 지난 오늘까지 그 책은 내 책꽂이에 얌전히 모셔져 있다. 외국어 공부에 시간을 내어주지 않고 그때그때 더 흥미로운 다른 무언가를 했다. 그리고 나는 여전히 작년 초와 마찬가지로 히라가나만 겨우 읽을 수 있다.

'블로그 마케팅이 큰 의미가 있을까? 노력 대비 효과가 없지 않을까?' 고민하면서도 지난 2년간 꾸준히 주 2~3회 글을 올렸다. 그 결과 볼거리가 제법 쌓였고 블로그를 통한 교육 문의가 심심치 않게 들어온다.

최대한 일을 미루고 있다가 마감 전날 몰아서 해결하는 경우가 종종 있다. 어제의 내가 쉬었기 때문에 오늘의 내가 밀린 만큼 배로 고생한다.

현재의 나는 과거 내 선택의 집합이다.

순간순간 나의 선택들이 모여 오늘의 내 모습을 이룬다. 나의 근육량이 늘어난 것도, 일본어를 여전히 못 하는 것도, 아침이 피곤한 것도 모두 나의 선택에 따른 결과다. 이루지 못하고 있는 것들을 떠올리면 스스로가 한심하다. 하지만 그것이 내가 선택한 결과라니, 한편으로는 다행이라는 생각이 든다. 지금 나의 모습이 내가 아닌 다른 누군가 때문이라면, 내 의지보다는 다른 무엇인가에 의해 좌우된 결과라면 미래가 훨씬 막막하고 어렵게 느껴지지 않을까?

과거 내 선택이 오늘의 나를 만들었다면, 오늘의 내 선택이 내 미래를 만들어갈 수 있다.

"자극과 반응 사이에는 공간이 있다. 그 공간에는 자신의 반응을 선택할 수 있는 자유와 힘이 있다. 그리고 우리의 반응에 우리의 성장과 행복이 좌우된다."

빅터 프랭클

정신과 의사이자 아우슈비츠 수용소의 생존자인 빅터 프랭클은 죽음 앞에 놓인 수용소 생활에서도 사람들은 스스로 자유 의지로 삶의 의미를 부여하고, 자신의 행동을 선택할 수 있다고 했다. 일상에서 벌어지는 수많은 사건과 다른 사람은 내 통제 밖의 영역이다. 스스로에 대한 통제 역시 쉬운 일은 아니지만 그나마 가능한 것이다. 나의 미래를 내가 어떻게 해 볼 수 있다니, 약간은 희망차기까지 하다.

현재의 내 모습이 마음에 들지 않는다면 내가 원하는 목표에 부합되지 않는 선택을 해왔을지도 모른다. 그리고 그것 또한 내가 수용해야 할 내 모습이다. 미래의 더 나은 나를 위해서는 현재 나의 모습과 그것을 이룬 과거의 내 선택을 한번 되돌아볼 필요가 있다.

나는 친구들과의 술자리를 제법 자주 즐겨왔다. 주말 중 하루는 친구들을 만나 술을 마시는 경우가 많았다. 어느 일요일, 심한 숙취로 해야 할 일을 제대로 하지 못하는 나를 마주했다. 종종 있는 일이었지만 어느 날 유독 크게 자각이 되었고 그런 내가 마음에 들지 않았다. 그래서 요즘은 오늘의 내 선택이 내일의 나에게 끼칠 영향을 고려하며, 약속의 빈도와 시간을 조절하고 있다. 얼마 되지 않은 변화지만 지금까지 잘 지켜내고 있는 내 모습이 썩 마음에 든다.

원하는 목표가 있다면, 추구하는 삶의 모습이 있다면, 선택에 앞서 고민해 보자. 이 선택이 내가 추구하는 모습에 도움이 되는가? 내일의 나에게 어떤 영향을 미칠까?

2단계

나를 위해 회복하기

치열했던 오늘을
가다듬는 방법

01

눈치 봐도 괜찮아

"당신이 동의하지 않는 한 이 세상 누구도 당신이 열등하다고 느끼게
할 수 없다."

엘리너 루스벨트

친구의 생일이나 출산 등 기념할 일을 앞두면 유독 바빠진다. 모임
도 주선하고, 선물도 챙기고, 경우에 따라 현수막을 제작하기도 한다.
다소 과하게 자리를 마련하고 진심으로 축하한다. 그리고 행복해하는
당사자를 마주하면, 나는 더없이 행복해진다. '그들의 행복 = 나의 행
복'이다. 비슷한 원리로 누군가 힘들어하는 모습을 보면 나도 함께 깊
게 힘들어진다. 슬픈 영화나 잔인한 영화를 보는 것도 에너지 소모가
심해서 꺼린다. 다른 사람의 감정을 잘 파악하고, 그에 대한 영향을
많이 받는다. 스스로 약간 피곤한 스타일이라고 생각한다. 나처럼 이
렇게 다른 사람의 반응에 민감한 사람들이 더러 있을 것이다. 그리고

이런 사람들은 곧잘 '눈치를 본다.' 항변을 해보자면 눈에 잘 들어오기 때문에 신경을 쓰지 않기가 어렵다.

미국의 정신의학자 로버트 클로닝거의 심리 생물학적 인성 모델에 기초하여 개발된 심리검사 'TCI(Temperament and Character Inventory) - 기질 및 성격 검사'에서는 유전적으로 타고나는 기질과 후천적으로 발달하는 성격을 구분해서 나타낸다. '기질'은 타고난 특성과 성질이며, 외부 자극에 대해 자동으로 일어나는 반응 성향을 의미한다. TCI검사의 기질 척도는 4가지 차원으로 구성되는데, 그중 하나인 '사회적 민감성'에 대해 이야기해 보려고 한다. 사회적 민감성은 타인의 표정 및 감정과 같은 사회적 보상 신호에 강하게 반응하는 유전적 경향성을 이야기한다. 사회적 민감성이 높은 사람은 타인의 칭찬, 미소, 찡그림과 같은 다양한 감정들을 민감하게 알아채고 이에 영향을 많이 받는다. 이 사회적 민감성이라는 개념을 접하고 나의 대인관계 패턴을 더 잘 이해할 수 있었다. 실제로 나의 TCI검사 결과를 보면, 사회적 민감성 점수가 높게 나타난다.

'나는 왜 이렇게 쓸데없는 부분들에 크게 신경 쓰고 피곤하게 살까?'라는 생각을 종종 했었다. 그런데 타고나길 민감도가 높다고 하니 한편으로는 그동안의 내 모습이 이해되고, 다른 한편으로는 약간 절망적이기도 하다. 기질이라니, 고칠 수 없다는 말 아닌가? 아니 근데, 꼭 고쳐야 하나?

　사회적 민감성이 높아서 불편한 점이 무엇일까? 나는 거절이 어렵다. 누군가 난처하고 미안한 표정으로 곤란한 상황을 이야기하면, 내 상황에서 무리가 좀 되더라도 요청을 들어주지 않기가 힘들다. '돈거래는 하지 않는 것이 좋다.'라는 것을 머리로는 알고 있지만 막상 부탁받으면 거절하기 어려워 가까운 지인들에게 돈을 빌려주고 꽤 오랫동안 받지 못했던 경험도 있다. 또는 '내가 조금 덜 자면, 시간을 쪼개면 도와 줄 수 있지 않을까?'라는 생각으로 업무적으로 무리한 요청을 받아들여 몸에 탈이 나는 경우도 있다.

　그런가 하면 다른 사람의 말과 표정에 민감하기 때문에 이런저런 피곤한 생각을 많이 하게 된다. '저 사람, 왜 지금 표정이 안 좋지?', '혹시 지금 뭐 불편한가?', '내가 뭔가 잘못한 것은 아닐까?' 사실 나는 타인을 많이 신경 쓰기 때문에 상대방을 언짢게 하는 언행을 잘 하지 않는다. 고로 경험상 결과가 나 때문일 확률은 높지 않으나, 누군가의 불편함이 느껴지는 그 순간 안 해도 되는 갖은 생각과 추측을 일삼게 된다. 그리고 그런 생각에 과도하게 몰입하다 보면 나도 모르게 경직되고 위축된다.

또한 다른 사람에게 좋은 사람이 되고 싶은 욕구가 크기 때문에 상대방에게 보통 잘 맞춰준다. 이에 대한 불만은 거의 없다. 억지로 맞추는 것이 아니기 때문이다. 그렇게 하는 게 그냥 즐겁고 편안하다. 그런데 가끔 '너무 타인 지향적인 삶을 살고 있는 것은 아닌가?'라는 생각에 나 자신에게 미안한 마음이 들 때가 있다.

사회적 민감성이 높은 입장에서 단점들을 열거해 봤지만 좋은 점도 많다. 일단 많은 관계에서 센스를 발휘할 수 있다. 상대의 상태를 민감하게 알아채는 만큼, 그에 대한 적절한 대응을 빠르게 할 수 있다. 상대방이 어떤 것을 좋아하고, 지금 무엇을 필요로 하는지 잘 파악할 수 있다. 그렇기 때문에 대부분의 대인 관계가 원만하다.

그리고 일반적으로 사람들은 자신에게 친절한 사람에게 친절하다. 내가 그들이 좋아하는 것들을 살피는 만큼, 내가 돌려받는 부분도 상당히 많다. 피곤하고 각박한 일상에서 따뜻한 말 한마디, 소소한 마음을 전하는 행위들을 주고받으며 일상의 큰 위로와 힘을 얻는다.

우리는 사람들과 부대끼며 살아갈 수밖에 없다. 그 과정에서 나처럼 관계에 민감한 사람들이 꽤 많을 것이다. 그리고 그런 사람들은 내가 그랬듯 '나는 왜 이렇게 눈치를 많이 볼까?', '왜 이렇게 피곤하게 살까?' 하며 순간순간 자책을 자주 하게 된다.

기질은 개인의 고유한 특성이다. 좋고 나쁨이 없다. 타고난 나의 기질을 이해하고 수용할 때 오히려 조절이 가능하다. 내가 사회적 민감성이 높다는 것을 인지하고 나니, 순간순간 나를 더 이해하고 다독일 수 있었다. 과하게 눈치 보고 전전긍긍하는 순간, '나는 왜 이럴까?' 자책하기보다는 '내 민감성이 발휘되고 있구나.', '과연 내가 이렇게 심각하게 신경 쓸 부분인가?'를 먼저 떠올린다. 민감해지는 순간을 알아채고 상황을 약간 떨어져서 객관적으로 바라본다. 그리고 나의 반응이 과하다면 수정한다. 머릿속을 가득 메운 상대방에 대한 관심을 나에게로 옮겨온다. 이러한 경험을 늘려가면 장점은 취하면서 과한 반응은 조절할 수 있다. 덜 자책하고 덜 피로한 삶을 살아갈 수 있다.

민감성이 높아 타인을 잘 살피는 기능은 긍정적인 대인관계를 이루는 데 도움이 된다. 사람을 대하는 기술이 그 어떤 능력보다 중요하게 여겨지는 현대 사회에서 어쩌면 이들은 대단히 좋은 능력을 손에 쥐고 태어난 것이다. 그러니, 눈치 보는 나에 대한 자책을 멈추자. 나의 기질로 인해 발현되는 모습을 인식하고 조절하며, 삶 속에서 그것의 장점을 마음껏 활용해 보자.

02
안 되는 날도
참 좋은 날인 이유

"대문자만으로 인쇄된 책은 읽기 쉽지 않다. 그것은 일요일뿐인 인생도
마찬가지이다."

장 파울

방송이나 SNS를 보면 "이게 되네." 혹은 "이게 된다고?"란 밈이 심
심찮게 쓰이는 것을 볼 수 있다. 주변 사람이나 당사자 모두 기대하지
않았던 상황이 의외로 쉽게 이뤄지거나 이론상으로만 가능하다고 생
각했지 현실에서는 불가능해 보였던 일이 실제로 일어나는 경우에 쓰
이는 말이다. 내 삶도 뒤돌아 보면 이게 되는구나 싶은 순간이 드물지
만 몇 번 있었다.

초등학교 4학년 때 있었던 일이다. 난생처음으로 아버지와 함께 잠
실 야구장에서 프로야구 직관을 했다. 트윈스와 베어스의 경기였다.

서울에 연고를 둔 두 팀의 라이벌 경기였기에 당연히 관중은 만원이었다. 우리가 응원하는 팀은 결국 졌지만 한 가지 좋은 소식이 있었다. 티켓에 적힌 좌석 번호로 추첨을 해서 선물을 증정하는 이벤트가 있었던 것이다. 게다가 1등 상품은 최신형 전자 오르간이었다. 당시 피아노 학원을 다니던 나는 그 오르간이 너무너무 갖고 싶었지만 만원 관중을 보며 그리 큰 기대를 하지는 않았다. 그러나 이게 웬일인가? 놀랍게도 우리의 좌석 번호가 1등에 당첨된 것이다. 당첨이 확정된 순간 아버지와 나는 마치 응원팀이 우승을 한 것마냥 제자리를 방방 뛰면서 기뻐했다. 말로 형용할 수 없는 기쁨이었다. 하지만 그때운을 다 써버린 탓인지 그 후로 복권 당첨이나 경품과는 지지리도 인연이 닿지 않는 삶을 영위하고 있지만 당시의 감격은 지금 생각해도 "이게 되네."가 절로 나오는 순간이었다.

시간이 흘러 이성에 눈을 뜨기 시작한 중학교 2학년 시절에도 비슷한 감격을 준 일이 있었다. 당시 학원에서 가장 예쁘고 인기도 많던 한 여자아이가 발렌타인 데이 선물이라며 외제로 보이는 사탕(왜 초콜릿이 아닌지는 몰라도) 몇 알을 수줍게 웃으며 건네준 것이다. 얼떨결의 일이라 꿈인지 생시인지 구분이 잘 되지 않았다. "이게 된다고?" 다만 이 특별한 군것질이 수여된 인원은 얼추 집계된 인원만 나를 제외하고도 10명을 훌쩍 넘겼다는 사실을 뒤늦게 알게 된 후 크게 실망했다.

삶의 궤적에서 "이게 되네."란 말은 쉽지 않아 보이는 일이 성사되었을 때 나오는 긍정적인 언어라 할 수 있다. 만약 우리의 삶이 너무나 큰 운을 타고나서 거듭 이런 순간만 찾아온다면 얼마나 좋을까? 하지만 현실에선 뜻대로 잘 안 된다 싶은 순간들이 적지 않게 찾아온다.

적어도 나의 경우엔 그랬다. 이 정도 성적이면 들어갈 수 있을 거라 생각했던 대학교에 예비 번호조차 받지 못했던 일. 다른 강사들은 한 번에 잘만 붙는 대학원에 수 차례 떨어졌던 일. 입사하고 싶었던 회사의 최종 면접 날, 호의적인 면접관의 반응 덕에 '이건 되겠다.' 싶은 확신이 들었지만 하루도 채 지나지 않아 불합격 통보를 받았던 순간. 건강한 체구의 소유자였던 아버지의 급작스러운 병환과 죽음까지도….

함께하고 싶었지만 함께할 수 없었고 이루고 싶었지만 이룰 수 없었으며 가고 싶었지만 갈 수 없었던 안타까운 순간들이 너무나 많이 존재했다. 하지만 그토록 지독히 뜻대로 '안 되는' 순간들의 아픔 덕에 지금 나는 일상의 소중함을 더 강하게 느끼게 되었고, 내가 속한 집단과 사람에게 더 감사하며 사랑하게 됐다. 더불어 연거푸 나에게 고배를 선사한 다수의 회사와 학교 덕에 지금은 잘할 수 있고, 잘하고 싶은 일을 만나 잘 풀리지 않던 당시의 경험을 강연의 밑천 삼아 많은 사람들에게 즐거움과 희망을 줄 수 있게 되었다. 원래 안 풀리는 이야기가 더 잘 팔리는 법이니까.

인도의 속담에 "잘못 탄 기차가 목적지에 데려다준다."라는 말이 있다. 거듭 안 되고 있다는 것은 적어도 거듭 도전하고 있다는 반증이며 포기하지 않고 자신에 대한 믿음의 끈을 놓지 않는다면 오히려 더 좋은 목적지에 도착할 수 있는 전환점이 될 수 있다.

2024 파리 올림픽에서 16년 만에 메달을 획득한 탁구 신동 신유빈 선수는 전해에 열린 항저우 아시안 게임에서 21년 만에 여자 복식으로 금메달을 차지하며 큰 무대의 경험과 기죽지 않는 자신감을 얻었다. 그러나 원래 신유빈 선수는 항저우 아시안 게임에 출전이 불가했다. 국가대표 선발전을 앞두고 심각한 손목 부상을 겪었기 때문이다. 하지만 당시 코로나19로 인해 아시안 게임이 1년 연기되었고 신유빈 선수는 그 사이에 부상을 극복해 출전 티켓을 거머쥐게 되었다. 부상을 당했지만 지나간 과거는 통제할 수 없는 것이기에 연연하지 않았다. 그리고 지금 자신이 할 수 있는 재활 훈련에 전력을 다해 정신적, 신체적으로 더욱 단단해졌다. 거기에 전혀 예측할 수도 통제할 수도 없던 코로나19라는 외부 환경이 개입되며 결국 "이건 안 되겠다." 싶은

순간을 "이게 되네."로 만들어 버린 것이다.

안 되면 안 되는 대로 포기하지 말고 내가 통제할 수 있는 것에만 열심을 다하며 끝까지 가보자. 나만 변치 않고 최선을 다하면 때론 알 수 없는 인생이 우리를 더 좋은 곳으로 인도할 수 있다. 현재 "이게 되네."가 아닌 "이건 안 되네."란 말을 연거푸 되뇌이고 있는가? 그렇다면 나는 한때 유행했던 또 다른 밈으로 당신에게 이렇게 되돌려 주고 싶다.

"오히려 좋아!"

진로 상담의 대가인 심리학자 존 크롬볼츠에 의하면 개인의 커리어의 80% 이상은 아무리 완벽하게 계획하고 설정해도 내 의지와는 상관없이 생기는 우연한 사건에 의해 영향을 받는데 사람에 따라 우연을 기회로 활용하는 능력에 차이가 있다는 것이다.

이런 예측이 어려운 우연을 기회로 삼기 위해 필요한 능력을 키우려면
1) 호기심, 2) 인내심, 3) 유연성, 4) 낙관성, 5) 위험 감수가 필요하다.

03

답 없는 행복이 정답이다

"행복이란 넘치는 것과 부족한 것의 중간쯤에 있는 조그만 역이다.
사람들은 너무 빨리 지나치기 때문에 이 작은 역을 못 보고 지나간다."

C. 폴록

'확실한 상태가 좋으세요? 아니면 불확실한 상태가 좋으세요?'라고
묻는다면 다수의 선택은 '확실함'을 선택할 것이다. 횟집 메뉴판의 '시
가'란 단어가 건네는 불확실성은 소비자의 불안감을 증폭시킨다. 좋아
하는 이성에게 "나와 만나 볼래?"란 메시지를 보내 놓고 답을 기다리
는 사람은 확답이 존재하지 않는 공백의 시간이 억겁의 시간처럼 길
고 고통스럽게 여겨질 것이다.

예전부터 사람들은 불확실한 상황이 연속되면 확실한 것을 찾았다.
IMF 시기에 공무원 응시율이 폭발적으로 늘었던 것을 보면 알 수 있

다. 처음부터 많은 급여를 받지는 못해도 망할 걱정 없이 확실한 급여가 보장되니 당연히 인기가 높을 수밖에 없었다. 하지만 지금의 상황은 다르다. 세계를 불안에 떨게 만든 코로나19로 인한 경제 위기를 무려 3년여간 경험하며 그 어느 때보다 예측이 안 되는 불확실성의 시대에 살고 있지만 공무원 응시율은 오히려 줄고 있다.

세월이 흐르면서 '확실한 것은 결국 아무것도 없다는 것만이 확실하다'는 생각이 확산되고 있다. 이럴 때일수록 확실성을 추구하기보다는 불확실함을 어떻게 견디고 받아들이느냐가 더 중요한 시대가 되었다. 확실함을 추구한다고 해서 확실한 행복이 보장되는 것이 아니다. 일 끝나고 마시는 맥주 한잔이 확실한 행복이었던 내 친구는 지금 통풍으로 '확실히' 고통받고 있다.

역으로 불확실성과 모호함이 행복의 질을 높인다는 연구 결과도 있다. 덴버대 심리학과 교수로 재직 중인 아이리스 모스 박사는 행복에 대한 조사에서 이와 관련해 흥미로운 결과를 발견했다. 인생에서 훌륭한 외적 조건을 가지고 있다고 해도 'OO를 이루면 행복한 거야.', 'OO를 가지면 행복한 삶이야.'와 같이 행복에 확실한 가치를 정해둔 사람들이 삶에 대해 더욱 불만족스러웠다는 것이다. 오히려 중립적이었거나 행복 추구에 그렇게 중요성을 두지 않은 사람들이 더 만족감을 느끼는 것으로 밝혀졌다. 즉 행복은 추구하면 추구할수록, 가치를 매기려 할수록, 안정감과 확실함을 추구할수록 부정적인 정서를 획득하게 된다는 것이다.

우리의 인생은 늘 그렇듯 불확실성의 연속이다. 어제는 죽도록 힘들었지만 오늘은 아닐 수 있다. 작년에 좋았던 경기가 나빠질 수도 있다. 주식과 아파트값이 오를지 내릴지 내 옆의 누군가가 마지막까지 함께할 사람인지 아닌지도 우리는 알 수 없다.

지금 당신이 처한 현실이 확실히 안정적이라고 낙관할 필요도 없고 불확실의 연속이라고 불행할 필요도 전혀 없다. 인생은 OX 퀴즈도 아니고 주관식도 아니다. 심지어는 그 답을 정확히 맞히는 수험생도 없다. 답이 없는 문제를 출제하는 출제 위원으로 가득 차 있을 뿐이다. 그러니까 당신이 선택하거나 선택하지 않았던 모든 결정과 계획이 어지간하면 다 옳은 것이다. 후회하지 말자. 무언가를 굳이 정의하지도 말자. 애매하면 애매한 대로 내버려두자. 적어도 오늘은 그래도 되는 날이다. 가장 확실한 것은 세상에서 가장 소중한 내가 이 시간과 공간에 존재한다는 것이다.

04
과거의 실패에서 벗어나라

"실패란 보다 현명하게 다시 시작할 수 있는 기회다."

헨리 포드

해가 바뀌면 늘 그렇듯, 새해의 목표를 다짐해 본다. 일, 관계, 건강, 성장을 위한 몇 가지를 적어 내려가는 도중 갑자기 손이, 아니 먼저는 마음이 멈칫하는 순간을 만났다. 지난 3년 동안 연초에 늘 계획했음에도 불구하고 아직 마무리 짓지 못한 자격증 시험이 하나 있다. 첫해는 너무 바쁘다는 핑계로, 두 번째 해는 서류 제출 과정에 문제가 발생하여, 그리고 세 번째 역시 교육 성수기와 겹치는 시험 일정을 소화하기 어렵다는 궁색한 이유를 찾아가며 시험을 응시조차 하지 못했다. 이렇게 3년간 실패한 시험을 올해 목표에 다시 또 아무렇지 않은 듯 끼워 넣는 것이 주저되었다. '계속해서 실패하고 있는데, 과연 올해는 가능할까?', '또 못하지 않을까?', '어차피 안 될 것 같은데….' 솔직하게 말하자면, 자신이 없고 엄두가 나지 않았다.

반복된 실패의 경험은 우리를 무기력하게 만든다. 우리의 의욕을 상실시킨다. '그동안처럼 어차피 이번에도 안 될 것 같으니까.'라는 생각에 사로잡혀 그냥 시도조차 안 하게 되어버린다. 이렇게 '부정적인 상황에 지속적으로 노출되면서, 어떠한 시도나 노력도 결과를 바꿀 수 없다고 여기고 무기력해지는 현상'을 '학습된 무기력(Learned helplessness)'이라고 한다.

코끼리를 길들이기 위해서는, 어린 코끼리의 발을 쇠사슬로 묶어 고정한다. 어린 코끼리는 고정된 발을 풀고 탈출하기 위한 시도를 수없이 반복하지만, 아무리 노력해도 안 된다는 것을 알아채고 나서는 더 이상 시도하지 않는다. 그리고 이제는 쇠사슬을 거뜬히 뜯어낼 수 있을 만큼 몸집이 크고 난 후에도, 여전히 어린 시절의 경험에서 비롯된 무기력감으로 인해 쇠사슬을 벗어날 수 없다고 여기며 탈출을 시도하지 않는다.

과거의 반복된 실패 경험으로 인해 지금은 충분히 해낼 수 있는 상황임에도 불구하고 시도할 엄두조차 내지 못하고 있는 일이 있지 않은가? 나에게 있어 코끼리의 쇠사슬은 무엇일까? 과연 이번에도 정말 안 될

까? 과거의 경험이 불러일으킨 착각은 아닐까?

학습된 무기력감에서 벗어나기 위해서는 용기 내어 시도해야 한다. 그리고 이때 너무 큰 욕심을 부려서는 안 된다. 과거에 실패한 어떤 목표를 이번에는 '완벽하게' 이루고 말 것이라는 생각은 지나친 욕심이다. 기대 수준을 조금 낮추어 작은 목표로 시작하면 성취 가능성이 올라간다. 그리고 그 작은 성취 경험은 '해낼 수 있다!'는 기대를 품게 하여 더 큰 목표를 향해 우리를 움직이게 한다.

대부분의 사람이 그러하듯 나도 꾸준한 운동을 꽤 오랫동안 다짐했지만, 늘 작심삼일을 반복하며 실천해 내지 못했다. 1년 전 즈음, 친한 친구가 헬스에 빠져 적극적으로 권유하면서 헬스장에 다니기 시작했는데 1년이 지난 지금도 여전히 헬스장을 다니고 있다. 1년 이상 운동을 지속한 것은 처음이다. 과거 운동했을 때와 다르게 목표 수준을 너무 높게 잡지 않았기 때문에 지금까지 올 수 있었다는 생각이 든다. '주 5회 1시간 이상'과 같은, 일과 병행하기 어려운 목표는 과감히 버리고 일단 일주일에 한 번이라도 간다. 만약 이조차도 지키기 어려운 주가 있다면? 괜찮다. 다음 주에 가면 된다. 이런 식으로 내 상황에 맞게 목표를 조절하고 나니, 높은 기준에 못 미쳐 '거봐, 이번 주에 2번밖에 못 갔어. 또 실패야.'하는 좌절감을 맛보는 대신, 작은 성공들을 경험하게 되었다. '어쨌든 지속하는 것에 의미가 있어.', '오, 이번 주도 해냈어!' 이 소소한 달성 경험은 '다음 주도 할 수 있을 것 같은데?'라는 효능감을 불러일으켜 주었고 잠시 주춤하더라도 다시 시도할 수 있는 원동력이 되었다.

　과거에 실패했다고 해서 이번에도 실패하리라는 법은 없다. 지레 겁먹기보다는 현실에 적합한 목표로 일단 시작해 보자. 작은 성취 경험을 통해 힘을 얻어보자. 지난날 실패했던 경험에 지나치게 치중하면 시도할 마음이 좀처럼 생기기 어렵다. 그게 무엇이든 지금까지 살아오면서 내가 잘 해낸 부분도 분명 많이 있다. 어려움을 이겨내고 즐거움을 맛보았던 '잘한 나'의 모습을 더 많이 떠올리고 힘을 내어보자. 그러면 그 자체로도 충분히 멋진 '도전하는 나'를 마주할 수 있을 것이다.

실패의 그늘을 벗어나기 위한 체크리스트

1. 실패 경험으로 인해 내가 시도를 주저하는 것은 무엇인가? ☐

_____

_____

2. 지금의 나와 그때의 나는 무엇이 다른가? ☐

_____

_____

3. 지금도 성공하기 어려울까? 주저하는 나를 반박해 보자. ☐

_____

_____

4. 다시 도전하기 위해 실현 가능한 작은 목표를 세워보자. ☐

_____

_____

05
좁게 보아야 커지는 행복

"우리의 삶은 한정적이다. 그렇기에 다른 사람의 삶을 사느라 당신의 시간을 낭비하지 마라."

스티브 잡스

학창 시절, 공부는 썩 못했지만 낙천적인 성격의 소유자인 나는 60여 명이 정원인 반에서 석차 30등 정도만 되어도 하늘을 날듯이 기뻤다. 하지만 안타깝게도 이런 주체할 수 없는 기쁨을 담아 어머니에게 성적표를 보여주면 내 예상을 한참 벗어난 일침이 날아오곤 했다.

"어이구, 이 눔 자식아. 세상을 좀 넓게 봐라."

나보다 공부 못하는 친구들을 보면서 방심하지 말고 공부 잘하는 다수의 친구들을 보며 더 열심히 하라는 어머니의 깊은 뜻이었다. 엄마의 말을 순순히 들으며 각성할 위인이 아니었던 나는 좁은 시야를 유지하며 나보다 우수한 친구들은 시야에서 여전히 배제시켰다. 그 편이 성적 향상은 없어도 행복 향상에는 도움이 됐기 때문이다.

종종 우리는 '넓은 시야'는 긍정적인 의미로 받아들이고 '좁은 시야'는 부정적인 의미로 받아들이는 경우가 있다. 물론 넓은 시야가 좋을 때도 많지만 상황에 따라서는 넓은 시야가 부정적인 영향을 주기도 한다.

김 대리는 몇 년 동안 악착같이 월급을 모아 인생 첫 차를 계약했다. 경차였지만 마치 리무진처럼 넓게 느껴지고 아늑했다. 일 끝나고 붕붕이와 함께하는 퇴근길 드라이브는 최근 들어 가장 큰 행복감을 선사했다. 하지만 어느 날 회사 동기인 최 대리는 싱글벙글한 얼굴로 요즘 주식이 잘돼서 일시불로 외제차를 구매했다는 소식을 나에게 알려온다. 김 대리의 현 상황에서는 엄두도 내지 못할 M사의 중형 세단이었다.

뭔가 의기소침해진 김 대리는 기분도 시선도 전환할 겸 습관적으로 SNS에 접속했다. 하나 거기엔 더 대단한 Young & Rich가 즐비했다. '뭐지? 내가 잘못 살고 있는 건가?' 여기저기를 둘러볼수록 낙오된 느낌에 더욱 초조해지기만 한다. 매달 아껴가며 목표한 자동차와 가까워져 가는 과정이 너무너무 행복하고 즐거웠는데…. 정작 지금은 내 차가 유난히 작아 보이고 그 안에 타고 있는 나 자신은 더 작게만 느껴진다. 이럴 땐 어떻게 하면 좋을까?

이 시점에 필요한 것은 세상과 타인을 향한 레이더의 가동을 멈추고 오롯이 '내가 보는 나'의 공간을 넓히는 작업을 하는 것 이다. 이건 마치 집에 오랫동안 쌓여 있던 물건들을 비우는 것과 같은 맥락이다. 나는 어느 순간 쓰이지 않고 터줏대감처럼 자리만 차지하고 있는 물건들이 조바심을 불러일으키는 것을 느꼈다. "저건 비싸게 주고 산 거라 쓰긴 써야 하는데 아깝네."라며 공간만 좁게 만드는 원흉을 어찌할 줄 몰라 전전긍긍했다. 하지만 이내 과감한 결심을 했다. 내 신경을 거슬리게 만드는 많은 물건들을 과감하게 버리거나 중고 장터에 싼 값에 처분한 것이다. 비우고 난 뒤 깔끔해진 공간을 보며 거짓말처럼 온갖 스트레스가 싹 날라갔다. 다른 소중한 것들로 채워져야 할 공간에 그저 형태만 유지하고 있는 쓰레기같은 물건들이 내 공간을 침범해 마음을 힘들게 만들었던 것이다. 한바탕 비우고 나니 내가 살고 있는 이 공간이 생각보다 넓다는 것을 깨닫게 되었다. 내 시야에 하등 도움이 되지 않던 물건들이 사라진 뒤 비로소 '내 공간'이 뚜렷하게 보이기 시작했다.

마음 또한 그렇다. 소중한 마음 공간에서 몰아내고 비워내야 할 것이 산더미처럼 쌓여 있는데 우리는 그것을 정리하지 못하고 애써 끌어안으며 쓰지 않아도 되는 신경을 소모한다. 너무 많은 것이 마음에 들어와 살고 있으면 마음엔 '여유'라는 공간이 생기지 않는다. 더 소중한 것을 채우고 싶어도 담길 공간이 없는 것이다. 마음도 반드시 청소가 필요하다. 나를 괴롭히는 상념과 타인의 성취에 조급해 하는 마음을 시야 밖으로 내던지면 더 좋은 것을 채울 수 있다.

생각을 비우고 시야를 좁히면 보이지 않던 내 모습이 보인다. 알맞은 목표를 세워서 그것을 위해 열심히 살아온 대견한 내 모습이 보인다. 마음을 효과적으로 관리하려면 내가 잘한 부분, 내가 잘하고 있는 부분, 충분히 감사할 만한 부분, 나에게 있어 앞으로도 희망적인 부분, 내가 도전하고 싶은 부분에 집중하고 내 마음 건강에 도움이 되지 않는 것은 수시로 정리하고 몰아내야 한다.

수험생 시절, 여러 과목이 있었지만 언어 영역이 유독 재미있었다. 반면 수학은 문제를 풀 때마다 좌절감을 안겨 주었다. 결국 당당히 수포자를 선언하고 시야를 좁혀 언어 영역에만 집중했다. 그 결과는 어땠을까? 어찌 되었건 현재 나는 수학이나 과학이 아닌 언어로 먹고사는 직업을 가지고 즐겁게 살고 있다.

시야는 마음과 연결되어 있다. 바라보면 불편하고 힘들게 하는 것으로부터 시선을 뗄 필요가 있다. 내 시야의 주인은 나 자신이지 타인이나 SNS가 되어서는 안 된다. 다 잘할 필요도 없고 다 잘 알 필요도 없다. 오로지 내 시선과 목적이 이끄는 것에 집중을 하며 살기에도 모자란 시간이다.

06
실수가
더 좋은 관계를 만든다

"살면서 저지르는 가장 큰 실수는 실수할까 봐 계속 걱정하는 것이다."

앨버트 허버드

우리는 가끔 미각적으로 맛을 느낄 수 없는 것에 대해서도 '맛'을 논한다. 손주의 귀여운 재롱을 보면서 "내가 이 맛에 산다."라며 껄껄 웃는 어르신. 평소 얄밉던 친구에게 골탕을 먹이고서는 "고소하다."고 얘기하는 친구. 내가 들어 본 칭찬 중에서 상위권에 랭크되어 있는 문장이 "넌 말을 참 맛있게 한다."인 것만 보아도 맛은 참 범용성이 넓은 단어 중 하나라는 생각이다.

하루는 친하게 지내던 형님이 연락이 와서는 "요새 더럽게 살 맛 안 난다."며 푸념을 늘어놓았다. 이유는 새로 이직한 회사에서 회식을 했는데 술에 취한 나머지 직원들 앞에서 〈아기 상어〉 노래를 율동과 함께 불렀기 때문이라고 했다. 속으로 '아차' 싶었다. 평소엔 한없이 젠틀한 형이지만 치명적이게도 알코올이 투입되면 부르지도 못하고 불러서도 안 되는 동요를 망측한 안무와 함께 부르는 주사가 있다는 것을 익히 알았기 때문이다. 이직한 지 얼마 안 된 곳에서 그런 험상궂은 자태를 선사하다니 정말 난감한 일이긴 했다.

전지적 형의 사견이지만 지금껏 점잖고 유능한 리더의 이미지를 잘 구축했는데 이번 회식을 통해 완전히 붕괴되었다고 했다. 주변 사람들의 눈빛이 예전 같지 않고 눈을 감으면 본인의 행동이 계속 생각나 살 맛이 안 난다고 했다. 그 얘기를 듣고 나는 이렇게 말했다. "형은 살 맛 안나도 사람들은 형 때문에 살 맛 났을 거야. 그분들 삶에 얼마나 맛있는 안주 거리야. 그걸로 퉁쳐." 그 말을 듣고 형은 한동안 실없이 웃었다. 아직 살 만한 게 분명했다.

사람은 자신이 겪은 상황에 대해 지나칠 정도로 주관적 판단을 개입한다. 사실 동료들의 입장에선 평상시 유능하고 카리스마 넘치는 모습과는 사뭇 다른 상사의 모습에 오히려 신기한 감정과 함께 인간적인 매력이나 연민의 감정을 느낄 가능성도 꽤 있기 때문이다. "저 사람 알고 보니 꽤 재미있네.", "사실 좀 부족한 사람이구나.", "우리가 지켜주자."와 같이 나를 포함한 다수가 형의 취중 노래를 목격했을 때 나누었던 대화처럼 말이다.

미국의 심리학자 앨리엇 애런슨은 흥미로운 실험을 진행했다. 내용이 비슷한 성인 4명의 인터뷰 영상을 시청자들에게 보여주고 호감도를 평가하는 실험이었다.

첫 번째 인물은 매우 유능하고 성공한 인사였으며 인터뷰 내내 당당하고 자신감 있는 모습을 보여주었다.

두 번째 인물 또한 유능하고 성공한 인사였지만 그의 행동은 어딘가 모르게 어눌하고 긴장도가 높아 보였으며 결국 책상 위 커피잔마저 쓰러뜨렸다.

세 번째는 매우 평범한 사람이며 긴장도 하지 않았고 시종일관 평범함 그 자체의 모습이었다

네 번째는 평범한 사람이며 두 번째 사람처럼 책상 위 커피잔을 쓰러뜨렸다.

호감도 조사 결과는 어떻게 되었을까? 사람들은 두 번째 사람에게 100점 만점에 무려 95점에 달하는 가장 높은 호감 점수를 부여했다.

겉으로 보이는 유능함과 일치되게 완벽한 사람에게는 뭔가 모를 거리감이 느껴지지만 유능함 속에 어딘가 모를 허술함이 있는 사람에겐 압도적인 호감을 가지는 현상을 두고 심리학에선 '엉덩방아 효과'라고

일컫는다.

 심리학 이론 하나로 비슷한 실수로 힘들어하는 이에게 큰 위로가 되진 않겠지만 지금껏 타인을 의식하며 높은 긴장감 속에 살아왔다면 이제는 그냥 있는 그대로의 나로 사는 것을 추천한다. 사람이 즐비한 길 한복판에서 심하게 엉덩방아를 찧었다면 튀어나오는 비명을 참지 말고 질러보자. 그 모습을 보고 손가락질하며 욕하는 데 시간을 할애하는 현대인은 지구상에서 멸종했거나 극소수만 존재할 것이다. 오히려 나의 허술함에 인간적인 매력을 느껴 손을 내밀며 부축해 줄 귀인이 나타날 수도 있다. 인생은 아무도 모르는 것이고 당신이 아직도 맛보지 못한 인생의 맛은 얼마든지 있다. 그러니 내 입맛에 안 맞는 일을 겪어도 씁쓸해 말자. 단맛만 느낄 수 있는 요리사는 좋은 요리사가 될 수 없다. 당신이 맛보게 될 다양한 맛은 더 좋은 삶과 관계를 만들어 나가는 데 반드시 도움이 된다. 그렇게 살맛 나는 인생이 완성된다.

07
내 마음을 치유하는 것들

"무언가 이루고자 하는 자는 자신의 몸부터 돌봐야 한다."

『예기』

　매일 아침 메이크업을 하며 같은 노래를 듣는다. 어느 드라마 OST였던 〈Super star〉라는 곡이다. 10년이 넘게 기업교육 현장에 있지만, 강의를 앞둔 매일 아침은 여전히 설레고 종종 긴장을 느낀다. 익숙하지 않은 공간, 처음 보는 교육생들과 새롭게 적응해야 하는 하루를 앞두고 나만의 의식을 치르듯 노래를 재생한다. 조금 우습게 들릴 수도 있지만 "괜찮아, 잘될 거야. 너에겐 눈부신 미래가 있어."라는 가사를 반복적으로 듣고 있으면, 불안했던 마음이 조금씩 가라앉고 노래 가사처럼 진짜 잘될 것만 같은 느낌이 든다.

　누구나 불안을 느낀다. 나아가 현대인의 대표적 정신질환으로 불안

장애가 손꼽힌다. 한 치 앞도 예상하기 어려운 불확실한 현대 사회 속에, 특히나 코로나19 펜데믹 이후 더욱 변화무쌍한 현실을 살아내며 마음 졸일 일은 점차 늘어만 가는 것 같다.

'지금 하는 이 일을 계속할 수 있을까?'
'잘 해내지 못하면 어쩌지?'
'혹시 이 사람이 날 떠나면 어쩌지?'

일상에서 불안을 유발하는 요인은 수도 없이 많다. 갖가지의 이유로 불안이 엄습하는 그때, 당신은 어떤 반응을 보이는가? 나는 심장이 먼저 뛰고 걱정에 사로잡혀 집중이 잘 안 된다. 긴장감 때문에 말도 제대로 안 나온다. 따라서 내 기량을 발휘하기가 어렵다. 결과가 좋을 리 없다. 그리고 무엇보다 불쾌하다. 진심으로 벗어나고 싶다. 대부분 비슷할 것이다. 일반적으로 불안을 접하면 사람들은 안절부절못하며 빠른 심장박동을 경험한다. 어떻게 하면 이 불안 반응을 다스릴 수 있을까?

"불안과 이완은 양립할 수 없다."

조셉 볼프

미국의 정신의학자 조셉 볼프는 불안과 반대되는 이완을 활용하여 불안을 제지할 수 있다고 주장했다. 근육이나 신경의 긴장을 이완시켜 불안 상태를 해소하는 치료법은 실제로 불안장애 치료에 많이 활용되고 있다. 보통 호흡, 명상, 요가, 이미지 상상 등의 방법이 이완 훈련에 활용된다.

불안함에 심장이 두근댈 때, 천천히 깊게 복식호흡을 반복하면 심장의 두근거림이 잦아든다.

잔뜩 움츠리고 있던 어깨를 바르게 펴고 내 몸이 편안함을 느끼는 자세를 취하면 몸의 긴장이 풀어진다.

잔잔한 바다와 싱그러운 초록의 동산처럼 따뜻하고 몽글몽글한 이미지를 상상하면 마음이 편안해진다.

나에게 맞는 나만의 이완 방안이 마련되어 있으면 일상에서 불안을 마주하여 긴장되고 조바심이 들 때, 이완 상태를 유도하기 편리하다. 불안에 잠식되지 않기 위해서, 무엇을 할 때 내 몸과 마음이 편안함을 느끼는지 관심 갖고 살펴볼 필요가 있다.

간단하게 실천할 수 있는 호흡법도 좋고, 나에게 있어 〈Super star〉와 같이 나의 마음을 편안하게 해주는 노래도 좋고, 상상하면 평온해지는

바다, 하늘, 숲 등의 자연경관도 좋다.

내 기량을 제대로 발휘하면서 살기에도 녹록지 않은 삶이다. 불안에 휘둘려 아쉬운 결과를 마주하고 싶지 않다. 우리 모두 매일 처음 사는 오늘이기에 새로운 환경, 내 기대와 다른 사람들의 반응, 돌발적인 수많은 상황에 의연할 수 없는 것은 너무나 당연하다. 미지의 오늘을 살아내기 위해 애쓰는 나를 위해, 불안을 대처할 나만의 무기를 장착해 보자.

 추천곡 미도와 파라솔 – **Super star**

1. 떠올리면 마음이 포근해지는 이미지는? ☐

_____

_____

_____

2. 나에게 힘이 되는 노래를 나열해 보자. ☐

_____

_____

_____

3. 내가 가장 편안함을 느낄 수 있는 자세는? ☐

_____

_____

_____

08
제약이 늘면
재미도 늘어난다

"부족함이 오히려 축복이 된다."

시몬 페레스

스페인 마드리드로 여행을 갔을 때 있었던 에피소드다.

여행 첫날 저녁, 시내 구경도 할 겸 목적지를 정해 두지 않고 길거리를 거닐고 있었다. 그런데 어느 순간, 먼발치서 다수의 건장한 청년들이 큼지막한 보따리를 어깨에 짊어지고 엄청난 속력으로 내가 있는 쪽으로 뛰어오기 시작했다. 순간 당황했지만 내가 타깃은 아닌 것같아 주춤하며 자리를 벗어나 어떤 일이 벌어지는지 가만히 지켜보았다. 청년들은 멈춰서 잠시 주변을 두리번거리더니 일제히 짊어지고 있던 보따리를 바닥에 내려놓았다. 그러자 놀랍게도 보따리는 '좌르륵' 소리와 함께 바닥에 넓게 펼쳐지며 각종 명품백(가짜였다.)과 향수 진열대로 탈바꿈되었다. 뛰어오느라 물건들이 어지럽게 섞여 있을 것이라 생각했는데 사진으로 보이는 것처럼 가지런하게 정돈되어 있었다. 이윽고 판매가 시작되었다. 판매상들은 물건을 판매하기 위해 물건의 장점을 설명하지 않았다. 오히려 시간이 얼마 남아 있지 않음을 고객에게 큰 소리로 알리기 시작했다.

"시간이 얼마 안 남았어요.", "저는 곧 떠납니다.", "빨리 사세요."

판매상은 다양한 국가의 언어를 혼합하여 사람을 모았다. 조용하던 시내가 일순 장터처럼 북적거리기 시작했다. 거리에 있던 사람들은 조금씩 물건에 흥미를 보이며 물건 곁으로 다가왔다. 몇몇 사람은 시간의 제약 때문에 물건을 꼼꼼히 살피지 않고 구매를 하기도 했다.

얼마가 지났을까? 먼발치에서 경찰차의 날카로운 사이렌 소리가 들려왔다. 그러자 그들은 단 몇 초 만에 일제히 펼쳐져 있던 물건들을 원래의 동그란 보따리로 만들어 어깨에 짊어지고는 그 자리를 쏜살같이 내달려 떠나버렸다.

단 몇 분 동안 펼쳐진 일련의 퍼포먼스에 나는 감탄을 금치 못했다. 그들은 마드리드 경찰의 빈번한 단속이라는 제약을 판매 전략으로 이용하고 있었다. 물건을 빠르게 펼쳤다 접을 수 있었던 건 보따리의 네 귀퉁이에 끈이 달려 있었기 때문이었다. 이 끈을 하나로 엮어 손에 쥔 채로 판매하다가 단속이 감지될 땐 줄을 위로 당겨 원래의 동그란 보따리로 만든다. 상품이 헝클어지지 않고 정돈되어 전시된 이유는 제품 바닥 부분에 작은 양면테이프를 붙여 놓았기 때문이다. 만약 시간의 제약이 없었다면 이토록 창의적인 보따리와 진열 방법은 고안되지 않았을 것이다. 시간을 들여 꼼꼼히 살펴보면 어설픈 물건임에 틀림없지만 시간의 제약 속에서는 그럴 겨를이 없다. 언뜻 보면 비싼 물건을 기가 막힌 타이밍에 싸게 사는 느낌마저 든다. 이번 기회를 놓치면 언제 다시 만날 지 모른다는 생각과 판매상의 재촉이 더해져 결국 지갑을 여는 것이다.

지금도 있는지 모르겠지만 호주 멜버른의 으슥한 한 골목의 건물에는 7층에 위치한 '제플슈츠'란 샌드위치 가게가 있다. 그곳의 샌드위치 판매 방식은 독특하다. 고객이 밑에서 어플리케이션을 통해 메뉴를 주문하면 샌드위치를 낙하산에 매달아 투하시킨다. 7층에서 낙하한 샌드위치는 화살표로 표시된 낙하 예상 지점에 거의 정확히 떨어진다. 고객들은 이를 신기하게 여겨 열심히 동영상을 촬영해 SNS에 올려 무료로 홍보를 해준다. 이런 기가 막힌 마케팅 또한 장소의 제약에서 나온 것이다. 세계 어느 곳이나 도시의 1층 상권은 임대료가 매우 비싸다. 임대료의 제약은 결국 상대적으로 값싼 골목 어귀의 높은 층의 임대로 이어졌고 신박한 판매 전략을 만들어 냈다.

잠시 멈춰 생각해 보면 우리의 삶도 크고 작은 제약이 존재한다. 시간의 제약도 있고 비용의 제약도 있고 얼마 전엔 코로나19로 인한 거리 두기의 제약도 있었다. 하지만 잠시 생각해 보면 그런 제약이 꼭 나쁜 것만은 아니다. 바쁜 일상 속 어떻게든 틈바구니를 만들어 떠난 여행은 꼭 시간과 비용이 풍족하지 않아도 마음속에 더 진한 여운을 남긴다. 코로나19로 인해 혼자 있는 시간이 늘면서 자신과 잘 지내는 방법을 터득하는 계기가 되었고 재택근무도 충분히 가능하다는 것을 증명하게 되었다. 더불어 그간 당연하게 여겼던 주변 사람들과 함께한 모든 시간들의 소중함에 대해서도 다시금 깨닫게 되는 계기가 되었다.

'베버의 법칙'에 따르면 자극이 강할수록 변화를 느끼기 위한 자극의 강도는 더욱 커져야 한다. 삶에서 커다란 고통을 겪고 나면 어지간한 어려움은 손쉽게 이겨내는 것도 이 법칙과 연관이 있다. 당신이 지금 껏 이겨낸 크고 작은 제약을 떠올려 보라. 당신에게는 제약을 흡수하여 더 좋은 계기로 치환시킬 수 있는 능력이 있다. 제약을 달갑게 바라보면 삶을 달게 만들어 준다.

실체를 알면 아무것도 아니다,
자신감을 가져라!

"인간의 삶 전체는 단지 한순간에 불과하다. 인생을 즐기자."

플루타르코스

종종 강연이나 중요한 자리에 참석할 때 얼굴에 BB크림을 바르는 경우가 있다. 섬세한 손길로 크림을 피부에 골고루 펴 바르면 본연의 피부색보다 비교적 환한 색으로 감쪽같이 변하는 모습을 보며 눈부신 화장품 기술 발달에 경의를 표하게 된다. 그 상태에서 나를 처음 보는 이는 가끔씩 "피부가 되게 좋네요."라며 칭찬을 해준다. 하지만 나를 자주 보는 친한 이들은 어김없이 "BB크림 발랐지?"라는 말로 현실을 자각하게 만들어 준다. 그들은 내 원래 피부톤을 잘 알고 있기에 위장에 현혹되지 않는 것이다. 하얀색 A4용지가 어두운 방에 놓여 있다고 그것을 검은색으로 생각하지 않는 것처럼 우리는 물체를 둘러싼 환경이나 조건이 변해도 그것의 본질을 일정하게 받아들인다. 이것을 '지각의 항등성'이라고 한다. 이 항등성은 어떤 사물에 대해 자주 접하고 다양한 면을 경험할 수록 더 정확하게 지각된다.

풋내기 강사 시절, 5성급 호텔처럼 근사한 장소에서 강의를 하면 그 배경에 압도되어 유독 긴장을 많이 한 나머지 강의를 망친 적이 몇 번 있었다. 하지만 심리학을 공부하면서 둘러싼 배경은 껍데기에 불과하며 중요한 것이 아님을 깨달았다. 호텔의 황금 의자에 앉아 있다고 해서 '사람'이라는 전경이 변하는 것이 아니기에, 물론 한 번에 바뀌지는 않았지만 더 이상 배경의 화려함 앞에서 긴장하지 않게 되었다.

새로운 도전과 경험을 앞두고 불안함과 두려운 마음이 올라오는 것은 누구나 겪는 것이다. 나에게만 특별히 적용되는 것이 아니다. 당신이 어떤 사람이나 일 앞에서 두려움을 느끼고 있다면 항등성의 원리를 생각하자. 결국 내가 하는 일도 '사람의 일'이고 사람이 사는 곳은 따로 별세계가 존재하지 않는다. 다 거기서 거기인 것이다. 내가 만나는 모든 사람은 초월적 존재가 아닌 그저 사람이다. 어떤 콘서트에서 나보다 좋은 좌석에 앉은 사람이 나보다 높은 지위에 있는 사람이 아닌 것처럼 배경이 아닌 전경에 집중하면 두려움은 서서히 걷히게 된다.

처음 부딪히는 모든 상황에는 누구에게나 보장된 서툶과 보장되지 않은 성공이란 항등성이 존재한다. 그러니 계속 부딪혀 실체를 더 뚜렷하게 볼 줄 알아야 한다. 시커먼 밤이 찬란한 낮을 삼키고 있음을 우리는 보지 못해도 알고 있다. 어두운 날이 계속되어도 당신의 반짝임은 숨겨지지 않는다. 낯설고 새로운 경험 앞에 웅크리지 말고 자신감을 갖자. 그 어떤 상황에 처해 있어도 내가 주목하는 전경은 오직 나 자신이 되어야 한다.

당신이 가장 소중합니다

"자기 자신을 하찮은 사람으로 깎아내리지 마라.
그런 태도는 자신의 행동과 사고를 꽁꽁 옭아매게 한다.
무슨 일을 하더라도 자기 자신을 사랑하는 것으로부터 시작하라.
지금까지 살면서 아직 아무것도 이루지 못했을지라도
자신을 항상 존귀한 인간으로 대하라."

프리드리히 니체

　지난 주말, 상담실 문을 열고 들어오는 내담자의 얼굴에 수심이 가
득했다. 나와 어느덧 2년째 연을 이어가고 있는 그녀는 사람들을 좋아
하며 친절하다. 주변 사람들에게 따뜻한 관심을 기울이고 기쁨과 슬
픔을 함께 나누는 것을 좋아한다. 따라서 누군가를 도울 일이 생기면
발 벗고 나선다. 상대방에 대한 이해와 공감 능력이 탁월한 그녀는 자
신이 조금 힘들어도 상대방의 입장에 서서 함께 짐을 지는 것을 마다
하지 않는다. 그래서일까? 다른 사람은 꺼릴 법한 짐들이 유독 그녀에

게 많이 떠안겨 있다.

많은 회사가 그렇듯 그녀의 회사도 업무량이 상당한 편이다. 수많은 거래처와 업무량에 치여 회사를 떠나는 사람들도 많다. 함께 일하는 동료의 상당수가 퇴사를 언급하며 업무량에 대한 불평을 상사에게 털어놓을 때 그녀는 그렇게 할 수밖에 없는 회사와 상사의 사정을 이해하고 묵묵히 일상처럼 야근을 해왔다. 그 결과 그녀는 현재 퇴사한 두 명의 업무를 모두 인계받고 말았다. 세 명분의 일이 한 사람에게 넘겨진 이 상황이 말이 되는가? 상사는 알고 있었을 것이다. 그녀 이외의 다른 사람들에게 더 이상 업무가 추가되면 어떤 상황이 벌어질지. 강하게 불만을 표하고 퇴사도 마다하지 않으리라는 것을.

억울할 법한 상황을 그녀는 담담하게 이야기했다. "상사분도 어쩔 수 없었을 것이다. 이럴 수밖에 없는 상황을 이해한다. 다만 앞으로 어떻게 업무를 처리해야 할지 그게 너무 막막하다." 그녀의 말에 마음이 먹먹해졌다. 그녀의 이해를 받는 다른 사람들은 과연 그녀를 얼마나 이해하고 있을까? 앞으로 펼쳐질 험난한 그녀의 상황은 누가 함께 공감하고 나눠줄까?

헤아릴 수 있다고 해서 내가 모두 떠안지 않아도 괜찮다.

업무량이 통제할 수 있는 수준을 넘어가면 놓치는 부분도 생기기 마련일 것이다. 그러면 회사는 그녀를 이해해 줄까? 그랬으면 좋겠지만 그렇지 않을 수도 있다. 그녀도 이미 그것을 알고 있기에 더 불안해했다. 앞으로 해야 할 업무에 짓눌려 주말에도 일 걱정만 하는 그녀가, 그녀의 일방적인 이해가 속상하고 안쓰러웠다. 타인에 대한 이해 수준과 좋은 관계 유지에 대한 욕구가 높으면 많은 결정에서 자신보다 타인을 더 신경 쓰게 된다. 내가 배려하고 신경 쓴 만큼 나에게 어느 정도 돌아오면 좋겠지만, 세상이 내 마음 같지 않을 때가 훨씬 많지 않은가.

그럼 나는 누가 공감해 줄까?

이해와 공감의 결과로 나의 양보와 희생이 자주 따른다면, 그리고 그것이 버겁게 느껴진다면, 이제 내가 공감해야 할 대상은 타인이 아닌 '나'이다. 나에게 무리가 되는 상황이라면 용기 내어 나를 표현하며 스스로를 지켜야 한다. 익숙하지 않은 거절과 부정적인 표현이 어렵고 매우 불편할 것이다. 여태까지 그래왔던 것처럼 '내가 조금 더 하지 뭐.'라는 생각에 사로잡힐 수도 있다. 그래도 표현해야 한다. 나를 지켜내야 한다.

다른 사람을 살피고 이해하느라 무리하는 나 자신을 한번 들여다보
자. 스스로를 내가 아끼는 누군가를 대하듯 보살피고 보듬어주자. 소
중한 누군가가 지금 이런 상황에 놓여있으면, 뭐라고 조언을 해줄 것
인가?

"무리야, 말도 안 돼."
"거절해도 괜찮아."
"너 자신이 최우선이야."

　　다른 사람에게는 자연스럽게 나오는 이런 말들이 나에게는 쉽게 허
용되지 않는, 나와 닮은 수많은 그들에게 전하고 싶다.

　　"세상에서 제일 소중히 다뤄야 할 존재는 나 자신이야."

3단계

감정 끌어안기

**지배되지 않고
가다듬는 기술**

01

감정은 전염된다

"듣기 싫은 음악에 관해서 이야기하지 말고 이왕이면 듣기 좋은 음악에 관해서만 이야기하라. 미워하고 싫어하는 감정은 될 수 있는 대로 발산하지 않는 것이 너 자신의 건강을 위해서 유익한 일이다."

알랭

"이상형이 뭐야?"라는 질문을 받으면 늘 제일 먼저 하는 말이 '기운이 좋은 사람'이다. 외모, 성격, 가치관, 직업 등도 이성을 보는 데 중요한 요소일 테지만 그 전에 일단 그 사람에게서 전달되는 에너지가 중요하다. 밝고 긍정적인 기운을 가진 사람이 좋다. 그래서 나는 영화 〈쥬라기 월드〉와 〈가디언즈 오브 갤럭시〉의 주인공으로 유명한 배우 크리스 프랫을 좋아한다. 크리스 프랫은 연기는 물론이고 외모도 훌륭하다. 그리고 무엇보다 내가 그를 좋아하는 가장 큰 이유는 그의 유쾌한 에너지 때문이다. 파파라치에게 찍힌 크리스 프랫의 사진들을 보면, 피하기는커녕 익살스러운 표정으로 카메라를 향해 춤을 추거나 엄지를 들어 올린다. 짜증이 날 법한 상황에서도 웃음을 잃지 않는 그의 여유와 유쾌함이 좋다.

우리가 직면하는 모든 상황은 완벽하게 부정적이기도 완벽하게 긍정적이기도 어렵다. 어려운 상황 속에서도 긍정적인 부분을 발견하고, 부정에 너무 매몰되지 않는 사람을 동경한다. 그런 사람이 되고 싶다.

감정은 전염된다. 니컬러스 크리스태키스와 제임스 파울러의 저서 『행복은 전염된다』에는 그들이 10년간 연구한 인간관계의 법칙이 담겨 있다. 그들이 발견한 '3단계 인간관계의 법칙'은 3단계 거리 내의 사람들이 서로 직접적으로 영향을 주고받는다는 것이다. 예를 들어 내가 행복을 느끼는 경우 그 감정은 내 친구(1단계), 친구의 친구(2단계), 친구의 친구의 친구(3단계)에게까지 전염이 된다는 것이다. '내 주변을 채우고 있는 사람들이 어떤 사람들인가.'에 따라 나의 감정, 나의 하루, 나의 삶이 영향을 받는다.

현대 사회를 살아가는 대부분의 사람들이 그렇듯 나도 다양한 '단톡방'에 포함되어 있다. 시간과 공간의 제약 없이 가까운 사람들과 언제든 시시콜콜한 이야기를 주고받으며 수다를 떨 수 있다. 그리고 그만큼 자주 다양한 자극을 주고받는다. 한 주를 시작하는 월요일 아침, "이번 주도 파이팅!"을 외치며 활기찬 인사로 시작하는 사람이 있는가 하면, "아, 또 월요일이야. 출근 너무 싫다. 회사 가기 싫어."라며 불평을 토로하는 사람도 있다. 후자의 상황에선 괜히 나도 힘이 빠지는 기분이다. 물론, 가중된 업무, 개인적인 이슈로 현재의 삶이 괴롭고 힘들어 가까운 사람들에게 불만을 털어놓을 수 있다. 내 주변의 소중한 누군가가 그렇게 힘들어한다면 얼마든지 두 팔 벌려 안아주고, 위로해 주고 싶다. 그런데 매사 불평불만으로 가득한 사람의 경우에는 대응하기가 참 어렵다. 공감도 해보고 달래도 보고 조언도 해봤지만 계속 반복되는 불평불만은 견디기가 쉽지 않다. 그리고 그러는 과정에서 나에게 전염되는 부정적인 감정도 달갑지 않다.

관계를 좋아하는 나는 모임이 많은 편이다. 그런데 최근 몇 년 만나는 사람들이 줄어들고 있다. 나이가 들어가며 해야 할 일들과 지켜야 할 것들이 많아지면서 만나는 사람들이 더 단출해진다. 바쁜 일상에서 서로 어렵게 시간을 내어 함께하는 만남이다. 헤어지고 돌아가는 길에 '너무 즐거웠다.', '시간 내길 잘했다.', '다음에 또 만나고 싶다.'는 생각이 드는 사람들과의 만남을 좇게 된다. 반대로 만남에서 부정적인 기운이 반복적으로 전달되면 그 사람들과의 만남이 꺼려진다.

감정은 전염되고, 부정적인 자극은 더욱 강하게 다가온다. 인간의 뇌는 부정 편향성을 가지고 있기 때문이다. 시카고대학교 심리학과 존 카치오포 박사에 따르면 "사람들은 좋은 것보다 나쁜 것에 더 많이 반응한다." 그는 뇌 활동 반응 실험을 통해 긍정 자극, 부정 자극, 중립 자극 중 부정 자극을 마주했을 때 우리의 뇌가 훨씬 더 강하게 반응한다는 결과를 발견했다.

주변의 누군가가 나에게 부정적인 감정을 지속해서 노출한다면, 그 감정은 나에게 강렬하게 다가올 뿐만 아니라 나의 감정도 서서히 부정적으로 물들인다. 그래서 요즘엔 나의 에너지를 갉아먹는 프로 불평러들을 조금씩 멀리하고 있다. 의식적으로 밀어내는 것이 아니라 그냥 본능적으로 자연스레 찾지 않게 되는 것 같다.

그리고 나의 기운을 조금 더 신경 쓴다. 나의 감정, 내가 하는 말이 나에게 소중한 가까운 사람들에게 영향을 미친다고 생각하니 약간의 책임감이 생기는 기분이다. 나부터 좋은 기운을 나눠서 내 주변 모두가 행복으로 물들길 바란다.

02
숨 막히는 삶의 압박에서
벗어나기

"평범한 이에게 시련이 주어지는 것은 그 사람을 더욱 특별하게 만들기 위함이다."

마크 빅터 한센

최근 축구 경기를 보다 보면 '탈압박'이라는 용어가 흔히 쓰인다. '탈압박'이란 상대 수비수의 압박수비를 피하면서 공 점유를 유지하는 기술을 뜻한다. 단체 구기종목에서 압박수비는 에이스 공격수에게 주어지는 숙명과 같은 것이다. 이 압박을 벗어나지 못하면 공을 뺏기지만 만약 잘 벗어난다면 한곳에 집중된 상대방의 수비벽이 일순간 허물어진다. 이 공간을 틈타 공격수 입장에서는 절호의 찬스를 만들 수 있기에 탈압박은 갈수록 중요한 스킬로 거듭나고 있다.

우리는 삶에서 많은 압박의 순간을 맞이한다. 업무의 압박, 공부의 압박, 관계의 압박, 성공의 압박 등등. 여기서 압박을 이겨내지 못하면 의욕상실과 우울감이라는 대량 실점을 겪는다. 만약 압박을 이겨낸다면 긍정적인 정서와 자존감의 회복이라는 득점의 꿀맛을 보게 된다.

그렇다면 삶의 압박을 탈압박으로 탈바꿈하기 위해 필요한 것은 무엇이 있을까?

먼저, 앞에서 서술했듯 압박이란 에이스에게 주어진 특권이라는 것을 인지하는 것이 중요하다. 형편없이 약한 선수에게는 굳이 압박수비를 쓰지 않는다. 삶에서 강한 압박이 주어지는 건 내가 그만큼 특별하고 중요한 사람임을 암시한다. 이를 기쁘게 받아들여 자기효능을 가지고 직면하는 것이 좋다.

자기 효능이란 내가 가진 장점과 보완점을 잘 이해하고 활용하는 능력이며 내가 정한 목표를 스스로 이룰 수 있다고 믿어주는 힘이다. "큰일에는 큰 책임이 따른다."란 격언이 있다. 나는 이 말을 "큰 사람에게는 큰 압박이 따른다."란 말로 조금 변형해 전하고 싶다. 압박의 크기만큼 당신은 큰 사람이고 압박을 딛고 더 크게 될 여지가 충분하다.

다음 단계로는 이 압박의 실체를 파헤쳐 보는 것이다. 즉, 페이크가 존재하지 않는지 살피는 것이다. 페이크의 대부분은 그저 생각일 뿐인 경우가 많다. 우리가 쉽게 사용하는 실체가 아닌 부정적인 생각 습관은 3가지로 요약할 수 있다. 첫 번째, 궁예 독심술이다. 마치 궁예가 그랬듯 실제가 아닌 것에 지나친 의심과 부정성을 담아 해석하고 현상을 단정짓는 습관이다. '내가 회의실에 들어왔을 때 사람들의 말수가 줄어든 것 같았어. 분명 내 욕을 했을 거야.'와 같은 실체가 없는 해석이 그런 경우다.

두 번째, 파국화 습관이다. 이 습관은 하나의 일이 발생하면 줄이어 일어날 최악의 상황을 떠올리고 막장 드라마 같은 파국을 만들어낸다. 직장에서 높은 상사에게 꾸지람을 한 번 들으면 '이제 난 끝났어. 난 결국 이 상사의 눈밖에 난 거야. 부서원들도 이런 나를 하찮게 생각하고 조금씩 멀리하겠지? 결국 나랑 가장 친한 동료도 나를 보잘것없는 존재로 여기고 떠날 거야. 급기야는 직장을 잃게 될 거고 또 지옥 같은 취준생의 시절로 돌아가게 될지도 몰라.' 이렇듯 벌어지지 않은 최악의 상황을 줄줄이 상상하는 데 온 힘을 기울인 나머지 정작 당면한 문제 해결엔 조금도 힘쓸 여력을 남겨두지 못한다.

세 번째, 무력화 습관이다. 이 습관은 자신은 무력하기에 바꿀 수 있는 것은 아무것도 없다고 믿는 습관이다. 이 습관이 강할수록 '내 나이가 몇인데 뭘 할 수 있겠어.', '열심히 해도 끝은 정해져 있어.'와 같이 도전을 하기도 전에 이미 항복을 선언했기에 자신의 가능성을 영영 보지 못하게 만드는 안대와 같은 역할을 한다.

이렇듯 실체가 없는 생각이나 통제할 수 없는 것은 무시하고 실제로 부딪혀 벗어날 수 있는 문제만 똑바로 응시하는 것이 탈압박의 핵심이다. 중요한 시험을 앞두고 있다면 시험 자체에 집중을 해야 한다. 통제할 수 없는 경쟁률이나 떨어지고 난 뒤 주변의 평가에 시선을 주면 긴장감만 더욱 커질 뿐이다.

대개의 경우 똑같은 상황도 우리의 관점에 따라 행동이 변한다. 내게 당면한 문제를 단지 '위협'으로 바라본다면 문제를 회피하고 싶어지지만 '도전'으로 바라보면 극복 가능한 방법을 찾게 된다. 문제를 도전의 관점으로 바라보고 그것을 해결하기 위한 나름의 최선의 준비를 해서 부딪혀본다. 준비한 만큼의 결과가 나오지 않아도 나중에 더 좋은 결과를 이루기 위한 좋은 경험치로 남는다.

만약 해결 과정에서 더 이상의 진전이 없는 답보상태에 이르게 되면 압박을 느끼는 현재 공간에서 물리적으로 벗어나 문제와 담쌓고 휴식을 취하거나 내가 좋아하는 다른 활동을 해보는 것 또한 추천한다. 공간의 탈압박을 시도해 보는 것이다. 문제의 탐색을 잠시 멈추고 휴식

중에 영감을 얻어 답을 찾는 효과를 두고 심리학에서는 '브루잉 효과 (Brewing effect)'라고 일컫는다. 화제를 전환하거나 휴식을 취하는 방법은 정체된 사고에서 헤어 나오게 해 주고 새로운 생각을 제시하는 기회를 만나게 한다.

혼자서는 묘안이 잘 떠오르지 않으면 끙끙 앓지 말고 주변 사람에게 기꺼이 도움을 요청을 청해 보는 것 또한 매우 좋은 방법이다. 너무 오랜 시간 혼자 깊이 문제에 매몰되면 오히려 갖가지 한계를 설정해 더 깊은 수렁에 빠진다. 이 문제에 대해 상의해 볼 만한 주변 사람에게 가벼운 조언이나 자신감을 일깨우는 한마디를 듣는 것만으로도 좋은 효과를 누릴 수 있다. 때론 짧은 한마디 속에서 귀한 해결책을 얻는다.

나는 압박 상황을 만나게 되면 위의 방법을 떠올려 유용하게 써먹는다. 몇 년 전에 있었던 일이다. 모 대학교 교수지원센터 교원님에게서 강의 의뢰 연락이 왔다. 대상은 본 대학교의 교수님들이었다. 의뢰받은 강연의 제목은 무려 '수업의 몰입도를 높이는 재미있는 교수법'. 교원님은 일전에 나의 수업을 들었던 분이었는데 내가 이 강의를 진행할 수 있는 적임자라는 생각이 들었다고 했다. 교원님의 간곡한 부탁에 일단 응하기는 했지만 전화를 끊고 난 후 큰 압박이 몰려왔다.

연륜과 지식으로 무장한 교수님들 앞에서 교수도 아닌 내가 교수법을 논한다는 것 자체가 감당이 잘 되지 않았다. 가슴이 답답해졌다. 그때부터 기다렸다는 듯이 압박의 망령들이 스멀스멀 나타나 압박 전술을 펼치기 시작했다. 예리한 시선과 굳게 다문 입으로 팔짱을 끼고 아무 미동도 없이 나의 수업을 지켜보는 교수님들의 모습이 머릿속에 떠올랐다. 내가 도대체 그분들에게 무엇을 전달할 수 있을까? 자꾸 최악의 상황만 떠오르게 만들었다.

일단 복잡한 마음을 다잡기 위해 압박 공간에서 벗어나 가까운 단골 카페에 들렀다. 그 카페는 작지만 아기자기한 인테리어와 내가 좋아하는 취향의 재즈가 흘러나오며 커피의 맛 또한 훌륭한 곳이었다. 맞은편에는 이름만 들어도 누구나 다 아는 큰 규모의 카페가 있었지만 끌리지 않았다. 내가 선택한 이 작은 카페가 모든 면에서 복잡한 생각을 정리하기에 더 좋았기 때문이다.

사색에 잠기다 보니 내가 굳이 유명하고 넓은 카페를 앞에 두고 이 작은 카페를 계속 찾는 이유가 무엇인지 들여다보게 되었다. 규모는 작지만 이 카페만의 분위기와 맛이 있기에 지속적으로 찾게 되는 것이 아닌가. 규모가 크다고 무조건 좋은 것이 아닌 것처럼 나보다 학력과 연차가 높다고 무조건 겁먹을 필요도 없는 것이었다. 또한 블렌딩에 따라 커피의 맛과 가치가 달라지는 것처럼 내가 블렌딩한 강의 역시 그 나름의 맛과 가치가 분명히 있다는 확신이 들었다.

직접 경험해 보지도 않고 펼쳤던 부정적인 상상의 나래는 어느 순간 안개 걷히듯 조금씩 사라지기 시작했다. 페이크가 사라지니 상황이 정확하게 파악되었다. 만약 내 교수법이 마음에 들지 않았다면 교원님이 나를 섭외하기 위해 굳이 수소문을 해가며 강연 의뢰를 하지는 않았을 것이다. 조금씩 자신의 특별함에 대한 믿음과 자신감이 붙기 시작했다.

주변 사람의 도움도 컸다. 마침 친한 동료 강사와 연락이 닿아 현 상황에 대한 고민을 털어놓았더니 만나는 대상을 교수님으로 보지 말고 같은 업계에 종사하며 같은 것을 고민하는 동반자로 생각해 보라는 조언을 해주었다. 내가 만나게 될 교수님들이 심사위원이나 넘어야 할 산이 아니라 더 좋은 수업을 만들기 위해 함께 고민하고 연구하는 동반자로 생각하니 한결 더 마음이 가벼워졌다. 그래서일까? 감사하게도 이 수업은 따스한 교수님들의 지지를 받으며 수년째 지속되고 있다.

우리의 압박은 일단 부딪혀 보면 걱정과 우려의 시간이 아까울 만큼

난제가 아닌 경우가 훨씬 더 많다. 그리고 그 압박은 때론 허무할 정도로 바로 이겨낼 수도 있고 어쩌면 긴 시간 끝에 이겨낼 수도 있다. 바로 이겨낸 것도 성취고 한참 늦게 이겨낸 것도 성취다. 그러니 중요한 사람에게만 주어지는 이 압박 앞에 기꺼이 웃으면서 탈압박 기술을 멋지게 써먹어 보자.

마음의 압박을 벗어나기 위한 체크리스트

1. 불쾌한 감정을 일으킨 생각은 무엇일까? ☐

_____

_____

_____

2. 이 생각은 내가 원하는 바를 얻는 데에 or 나의 삶에 유용한 생각인가?

☐

_____

_____

_____

3. 어떻게 생각하는 것이 나에게 이로울까? ☐

_____

_____

_____

03
비난을 관리해 보자

"남에게 칭찬을 받고 쑥스러워하는 생각을 가지는 것도 어려운 일이지만, 남에게 악평을 받고 그것을 약으로 삼으려는 생각을 가진 정도의 현명한 사람은 극히 드물다."

프랑수아 드 라 로슈푸코

강의를 처음 시작하던 무렵, 어느 고등학교에 진로 교육을 하러 간 적이 있다. 10년도 넘은 일이라 정확히 어떤 주제로 몇 시간 교육했는지 기억이 잘 나지 않는다. 하지만 그날 받았던 교육 만족도 조사 내용 중 한 문장은 똑똑히 기억한다. 기업이나 학교에서 외부 강사들의 교육 후에는 교육생들을 대상으로 만족도 조사를 진행하는 경우가 많다. 일반적으로 교육 내용이나 강사의 성실성, 적용 적합성 등을 5점 척도로 평가한다. 그리고 강사 및 교육에 대한 의견을 자유롭게 작성할 수 있도록 한다. 보통은 강사가 직접 평가지를 확인하지는 않는다.

그런데 그날 어찌 된 일인지 페이퍼를 직접 보게 되었고, 어느 학생의 피드백을 보고 말았다.

'그.냥. 싫.어.요.'

강의를 시작한 지 몇 개월 되지 않은 20대의 나는 그 말이 너무 아팠다. 10년이 넘은 지금까지 그때 느꼈던 감정이 선명하게 기억날 정도로.

현재의 내가 어느 고등학생에게 이런 피드백을 받는다면, '귀엽네.'라고 생각하며 피식 웃음마저 지어 보일 것이다. 밑도 끝도 없이 그냥 싫다니, 순간 기분이 나쁠 수야 있겠지만 별 대수롭지 않게 넘어갈 것이다. 지금의 나는 강사로서의 나, 그리고 내가 하는 교육 내용에 어느 정도 확신이 있다. 그간 받아온 긍정적인 피드백들이 많이 쌓여 있고, 나를 필요로 하는 여러 기업에서 강의 의뢰를 꾸준히 받고 있다. 경험의 누적과 나에 대한 신뢰가 있기 때문에 피드백에 크게 연연하지 않는다.

하지만 과거의 나는 일을 처음 시작하는 단계였고 모든 것이 두려웠다. '내가 강의를 잘할 수 있을까?', '이 일이 나에게 맞는 일일까?', '사람들이 내 교육을 싫어하면 어쩌지?' 등의 걱정을 해대며 내가 나를 믿어주지 못했다. 그래서 사소한 피드백 하나하나에 크게 웃고 크게 울었다. 누군가의 평가가 곧 내가 되었다. '그.냥. 싫.어.요.'라는 피드백에 나는 '그냥 싫은 사람'이 되어버렸다.

좋은 말만 듣고 살 수는 없다. 누군가로부터 부정적인 평가를 받을 수 있다. 그런 말을 들었을 때 기분 좋을 사람이 누가 있겠는가? 누구나 자신을 향한 비난에 놀라고, 속상하고, 화나고, 서운하다. 그런데 그러한 감정이 지나간 후, 그 비난의 말들을 어떻게 처리하고 있는가? 혹시 10여 년 전의 나처럼 누군가의 비난에 힘을 실어 스스로를 더욱 힘들게 하고 있지는 않은가?

누군가의 비난을 마주했다면, 그 비난을 한번 비판해 보자.
'저 말이 과연 맞는 말인가? 사실인가, 아니면 그저 저 사람의 주관적인 생각인가?'
'내가 고민하고 에너지를 쏟을 가치가 있는 말(사람)인가?'

객관적으로 부족한 부분을 지적했다면, 이를테면 교육에 대한 피드백으로 '이해하기 쉽게 사례를 더 많이 들어줬으면 좋겠다.', '활동이 없어서 지루했다.' 등의 내용을 접한다면 부족한 부분을 받아들이고 더욱 발전된 교육을 준비하면 될 일이다. 반면 논리적이지 않은, 내가 받았던 '그.냥.싫.어.요.'와 같은 이유 없는 비난이라면 크게 마음에 담아 둘 필요 없다. 세상 사람 모두가 나를 좋아했으면 좋겠지만 이제 우리 모두 알고 있지 않은가? 나를 그냥 싫어하는 사람도 얼마든지 있을 수 있다. 그리고 아마 그 학생은 당시 나에게 그런 평가를 했다는 사실조차 기억하지 못할 것이다.

가치 없는 비난에 마음을 너무 쏟지 말자.

건설적인 비판은 성장의 계기가 된다. 나를 되돌아볼 수 있다. 비판이 사실이라면 겸허히 받아들이고 보완하여 더 성장한 나로 발전하는 발판으로 삼으면 된다. 그러나 누군가가 자신의 부정적인 어떤 감정을 표현하기 위한, 지극히 주관적 판단에 의한 비난이라면 굳이 그 말에 내 에너지를 많이 소모할 필요가 없다. 그 사람과 한편이 되어 나를 비난하지 말자. 수용할 부분은 수용하고, 걸러낼 부분은 걸러내며 비난을 관리해 보자. 무엇보다 스스로를 믿어주자. 누가 나에게 뭐라고 한들 나는 내 편이 되어 주어야 한다.

04
순서의 배열이
컨디션을 좌우한다

"먼저 당신이 원하는 것을 결정하라.

그리고 그것을 이루기 위해 당신이 바꿀 수 있는 것이 무엇인지 결정하라.

다음으로 그 일들의 우선순위를 정하고 곧바로 그 일에 착수하라."

H. L. 린트

집 근처 초밥집에 들렀을 때 있었던 일이다. 처음 가보는 곳이었기에 설레임을 안고 자리를 잡은 후 가장 맛있어 보이는 초밥 세트를 주문했다. 얼마 뒤 맛깔스러운 초밥이 눈앞에 등장했다. 서빙을 도와주신 점원은 친절한 미소로 "초밥은 흰 살부터 붉은 색 생선 순서대로 드시면 더욱 맛있습니다."라고 말씀하셨다. 붉은 살점의 참치 초밥에 먼저 손을 대려 했던 나는 순간 움찔했다.

"아, 초밥도 맛있게 먹는 순서가 있구나."

알고 보니 광어, 도미와 같이 담백한 흰 살 생선으로 시작해 연어,

참치와 같은 풍미가 강한 붉은 살 생선의 순서로 먹는 것이 초밥을 더욱 맛있게 먹을 수 있는 널리 알려진 식사법이었다.

초밥도 순서에 따라 맛이 달라지는 것처럼 소통도 말하는 순서에 따라 효과가 달라지는 '마이너스 플러스 화법'이라는 것이 존재한다. 상대방에게 피드백을 줄 때는 부정적인 언어(마이너스)를 먼저 배치하고 긍정적인 언어(플러스)를 뒤에 배치하여 메시지를 전달하면 훨씬 더 건설적이고 효율적인 화법이 된다는 것이다. 예를 들어 "과장님은 배울 점이 많지만 차가운 분입니다."보다는 "과장님은 차가울 때도 있지만 배울 점이 많습니다."란 표현이 더 듣기 좋고 건설적인 대화로 이어질 확률도 높다.

19세기, 중국 청나라 때 반란군에 의해 '태평천국의 난'이 일어난 적이 있다. 이때 황제는 토벌군을 조직해 진압을 명했지만 계속 지고 말았다. 토벌군의 장수는 싸움에서 질 때마다 '연전연패(連戰連敗)'란 글을 상신했고 그때마다 황제는 무기력한 토벌군을 꾸짖으며 큰 벌을 내렸다. 결국 당시 가장 유능한 장수였던 '증국번'이 투입되어 진압에 힘썼지만 역부족이었다. 이때 증국번은 '연전연패'가 아닌 '연패연전(連敗連戰)' 즉, 지고 있어도 계속 싸우겠다는 뜻으로 연패보다 연전을 마지막에 오도록 순서를 바꾸어 황제에게 상신을 했고 황제는 크게 감동해서 오히려 증원군을 보냈다고 한다.

내가 아는 한 강의 만족도를 높일 수 있는 방법도 순서와 관련이 깊다. 경험상 대중의 집중력이 높은 앞부분보다는 집중력이 낮아지는 종반을 향할수록 임팩트 있고 재미있는 내용을 넣어 진행하면 훨씬 더 좋은 교육 분위기와 만족도를 누릴 수 있다.

심리학에서는 이 같은 효과를 '최신 효과'라고 일컫는다. 최근에, 즉 마지막에 들어온 정보가 사람의 인지에 더 큰 영향을 끼치는 현상을 뜻하는 것이다. 마지막 기억의 임팩트는 상상 그 이상의 파급력이 있다. 아무리 재미있는 영화도 마지막이 흐지부지하면 좋은 평가를 얻기 힘들다. 아무리 즐거운 회식자리도 마지막에 얼굴 붉히는 일이 생기면 두 번 다시 참석하고 싶지 않다.

이처럼 하루하루의 행복감을 더 증가시키는 데에 있어 순서의 배열이 매우 중요하다. 일과 중 흥미롭지 않고 다소 성가신 일은 먼저 처리하고 내가 잘하고 싶고, 하면 기분이 좋아지는 일이나 이벤트는 되도록 뒤쪽 순서로 배치하는 것이다. 이로 인해 우리 뇌는 보다 가볍고 행복한 기분을 보상받게 되어 양질의 수면 시간을 선사한다. 이것은 다음 날 기분에도 영향을 미쳐 더욱 활기찬 하루를 시작할 수 있게 만든다.

당신의 시간 속에서 처리해야 할 일을 나열해 보자. 그리고 나의 행복을 위해 어떻게 순서를 배열하면 좋을지 생각해 보고 실행에 옮겨 보자. 복잡하다면 일단 이것만이라도 꼭 기억하자.

'어찌 된 하루였던 마무리는 항상 기분 좋게!'

05
외로움?
오히려 좋아!

"외로움은 절망이 아니라 오히려 기회이다."

도교

최근 한 예능프로그램에서 "SNS 팔로워가 500만 명이지만, 마음을 터놓을 친구가 단 한 명도 없다."는 어느 인플루언서의 이야기를 접했다. 네트워크의 발달로 다양한 매체를 통해 전 세계가 하나로 연결되어 있다. 덕분에 스치는 인연뿐만 아니라 얼굴 한 번 본 적 없는 사람들과도 언제든 마음만 먹으면 온라인상의 친구가 될 수 있다. 관계 맺는 사람들의 범위가 넓어지고 언제 어디서든 일상을 공유하며 심심할 틈이 없을 것 같은 세상에 살고 있지만, 역설적으로 우리는 점점 더 외로움을 호소하고 있다.

'외로움'은 관계에 대한 욕구가 좌절 또는 결핍되었을 때 경험하는 공허함과 쓸쓸함 등의 고통스러운 정서를 의미한다. 통계청의 조사에 따르면 우리나라에서 외로움을 느끼는 사람의 비율은 전체 인구의 5분의 1 이상이고, 그 수치는 매년 증가하고 있다. 국민 천만 명 이상이 쓸쓸함을 경험하고 있다.

헛헛한 마음이 드는 어느 날, 혼자 시간을 보내고 싶지 않아 휴대전화에 저장되어 있는 수백명의 목록을 하나씩 내려가며 마음을 함께 나눌 누군가를 찾아본다. 500명이 넘는 사람 중 실제로 연락을 취해 볼 수 있는 사람은 2~3명에 불과하다. 그리고 그마저도 그들의 상황이 고려되어 연락하지 않고 휴대전화를 내려놓는 경우가 많다. 그럴 땐 세상에 혼자 덩그러니 남겨진 기분이 든다.

혼자 산다거나 연애를 하고 있지 않은 사람들에게 흔히 "외롭지 않아?"라는 질문을 많이들 한다. 나 역시도 수없이 들은 질문이다. 혼자 보내는 시간이 많으면, 무료하고 심심한 경우가 상대적으로 많을 수 있겠지만 경험상 연애를 한다고 외롭지 않은 것은 아니었다. 오히려 연애하면서 외로워지는 순간들은 더 또렷하게 느껴졌다. 연인과 함께 있지만 혼자인 것 같이 느껴지는 순간, 가깝기 때문에 더 많이 이해받고 공감받기를 바라는 기대가 좌절되는 순간들이 더욱 서운하고 쓸쓸하게 느껴졌다. 아직 경험해 보지 못했지만 결혼의 경우도 비슷하지 않을까?

가족이든 배우자든, 아무리 가까운 사이라 하더라도 사람들은 서로를 완벽하게 이해할 수 없다. 독립된 객체로서 서로 지켜야 할 경계와 거리가 있다. 주변에 친밀한 관계가 아무리 많아도 본질적으로 우리는 각자의 삶을 살아간다. 사람마다, 상황마다 정도의 차이는 있지만 외로움은 아주 보편적이고 기본적인 감정이다.

오랜 시간 외로움에 대해 연구한 시카고대학교의 존 카치오포 교수는 "사람은 외로움을 느끼도록 진화했으며, 만성적인 외로움은 해가 되지만 단기간의 외로움은 긍정적인 영향을 준다."고 이야기했다. 외로움이 우리를 다른 사람들과 함께 지내도록 하여 생존을 돕는다는 것이다.

외로움의 긍정적인 영향을 활용하기 위해서는 타인과 연결 맺으라는 신호를 감지하되, 그것을 처리하는 방식을 점검해야 한다. 외로움을 다른 관계로 채우려고 하거나 다른 사람의 말이나 행동에 의지해서 처리하려고 한다면 점점 더 외로움의 수렁에 빠져들 것이다.

'누굴 만나도 외롭기는 마찬가지구나.'

'저런 말을 하다니 더 외로워졌어.'

타인에 의존하여 해소되지 않은 외로움은 그 크기만 더해진다. 부정적인 감정에 휩싸여 오히려 관계를 그르친다. 내 감정은 내가 책임져야 한다. 쓸쓸하고 공허한 감정이 들 때, 나의 어떤 욕구가 좌절되어서 그러한 감정을 느끼는 것인지 가만히 들여다보자.

'누군가와 함께 이야기하고 싶구나.'
'저 사람에게 이해받고 싶었구나.'
'배우자가 나에게 이런 말을 해주기를 원했구나.'

이러한 과정을 통해서 내가 나 혹은 다른 사람과의 관계에서 어떤 욕구를 가졌는지 확인할 수 있다. 그리고 그 욕구가 왜 이루어지지 않았는지를 점검하자. 내 기대가 현실성이 있었는지, 내가 원하는 관계의 방향성에 부합하는 행동을 하였는지. 무조건적인 내 편이 되길 바라는 기대는 현실성이 떨어진다. 나는 툴툴대면서 상대가 온화하게 대해주길 바라는 것은 지나친 욕심이다.

외로움은 물론 고통스러운 감정이다. 동시에 삶에서 피할 수 없는 감정이기도 하다. 기왕 피할 수 없다면, 이따금 찾아오는 그 감정을 제거하고 외면하려고 하기보다 나의 욕구를 더 깊이 성찰할 수 있는 기회로 생각하고 마주해보자. 외로움과 한번 친해져 보자. 어차피 우리는 평생 고독을 안고 살아가니까.

06

낙인이 낙인 사람에게
낚이지 말자

"타인의 비판은 되도록 받아들이는 것이 좋지만
타인의 판단은 따로 두는 것이 현명한 일이다."

셰익스피어

중학교 시절 어느 점심시간에 같은 반 친구들과 운동장에서 농구를 했다. 농구를 보는 것은 좋아하지만 실제 플레이엔 재능이나 향상심을 가지고 있지 않던 나는 시답잖은 실력으로 연거푸 득점에 실패했다. 그러자 당시 같은 편 A란 친구가 비웃으며 나에게 위로랍시고 이런 말을 던졌다.

"괜찮아. 넌 큰 공으로 하는 운동은 다 못하잖아."
그러자 나는 "맞아. 나 공자야."라고 말했다.

당시 나의 '공자'란 표현이 웃겼는지 주위 친구들은 모두 빵 터졌지만 속으로는 부글부글 화가 치밀어 올랐다.(왜 공자인지 굳이 부연설명은 않겠다. 아무튼 성인 '공자'는 아니다.) 그 이후 침착함의 끈이 끊어진 나는 단 한 개의 슛도 성공시키지 못한 채 자칭 '공자'란 별명에 더 큰 설득력을 부여하며 게임은 처참하게 끝났다.

이후에도 A가 던졌던 한마디를 의식해서인지 유독 A와 함께 축구나 농구를 하면 공을 빠뜨리거나 슈팅 미스를 하는 등 실수가 잦았다. 결국 구기종목에 흥미를 잃어 담을 쌓게 되었고 그 담은 더욱 공고해져서 주변에서 축구나 농구를 하자는 제안이 들어오면 별로 내키지 않아 하거나 거절하게 되었다. 거절할 때 멘트는 놀랍게도 당시 A가 나에게 유산처럼 물려준 "난 큰 공으로 하는 운동은 다 못해."란 말로 난처한 상황을 방어하는 데 사용하곤 했다.

다행히 구기종목으로 생계를 이어가는 입장도 아니고 구기종목 기량 저하에 따른 자존감 하락으로 우울증에 시달려 한동안 고생했던 것도 아니며, 작은 공으로 하는 탁구는 꽤 잘한다는 칭찬을 듣는 입장이지만 아직도 내 머리만 한 공이 우연히도 내 손아귀에 쥐어지면 전에 없던 다한증 증세가 생기곤 한다. 벌써 30년 가까이 된 일이며 소요된 시간은 단 몇 초에 불과한 A군의 한 마디였지만 여태 마음 한편에 선명하게 자리 잡고 영향을 주고 있는 것이다.

심리학에서는 개인이나 집단에 의해 어떠한 인상이나 평가가 부여되어, 행동이나 성취에 영향을 미치는 현상을 두고 '낙인 효과'라고 일컫는다. 쉽게 말해 어떠한 낙인이 부여되면 낙인에 걸맞은 행동만 하게 된다는 이론이다.

낙인의 선명도가 높아지는 과정은 이렇다. 어떤 사람이 당신에게 "당신은 참 재미가 없어요."라고 말했다고 해보자. 처음엔 '저항'의 단계를 거친다. "아니, 무슨 저런 몰지각한 사람이 다 있지? 자기는 얼마나 재미있길래 나를 평가해?"라며 고개를 절레절레 흔든다. 이 단계에서 멈추면 괜찮다. 하지만 다음 단계인 '인정과 포기'의 차원으로 넘어가면 골치가 아파진다.

"그래. 사실 난 지금 이 상황도 재미있게 받아치지 못했잖아. 그리고 솔직히 저 사람이 나보다 재미있고 이성한테 인기도 많아. 그러고 보면 난 진짜 재미없는 진지충일지 몰라. 앞으로 연애도 힘들겠지?"라며 굳이 도달하지 않아도 될 생각의 범주까지 넘나들며 스스로를 '진지충'이라는 낙인까지 찍어버린다. 저항 단계에서 굳이 찾지 않아도 될 뒷받침 근거를 찾지 못하면 점점 타인이 규정한 낙인에 갇혀 과

잉 일반화(불충분한 증거를 가지고 성급한 일반화를 내리는 경향이다.)를 하게 되는 것이다. 이런 비합리적 낙인의 굴레에서 벗어나지 못하면 결국 새로운 시도나 다양성을 받아들이기 어려워진다.

긍정적인 낙인을 가장한 부정적인 낙인도 존재한다. 어떤 일을 잘해냈을 때 "넌 참 천재야."라는 말을 들은 당사자는 전에 없던 새로운 정서가 강하게 들어온다. 저항의 단계에서는 "난 사실 천재가 아닌데 왜 저런 말을 하지? 솔직히 노력을 많이 해서 얻은 결과인데 괜히 부담되네." 정도일 것이다. 하지만 이 부분에서 인정과 포기의 단계로 넘어가면 "그래. 기분 나쁜 말도 아닌데 뭐…. 낙인을 받아들이자. 대신 실수나 실패를 해서 그런 말을 영영 못 듣고 주변 사람을 실망시키는 상황은 너무 두려워. 그럼 어떡하지? 그래 새로운 도전을 '포기'하자."로 넘어갈 수 있는 것이다. 나에게 주어진 긍정적 낙인을 충족하기 위해 새로운 도전을 포기하거나 남들이 안 보는 곳에서 완벽주의적인 노력을 기울여 몸과 마음이 소진되어 가는 것도 모른 채 살아가게 된다.

그렇다면 이런 낙인으로부터 자유로울 수 있는 방법은 무엇이 있을까? 먼저 저항의 단계에서 올라오는 마음의 소리에만 귀를 기울이자. 이 말을 들은 내가 지금 어떻게 반응하고 있지? 어떤 부담과 부정적인 인식이 나를 괴롭히고 있지? 충분히 내 저항의 소리가 인지 되었다면 다음은 되도록이면 있는 그대로 내 마음의 현실을 상대방에게 표현해 보는 연습이 필요하다.

"에이, 무슨 천재 소리까지 나와요? 사실 저 이번에 엄청 노력했어요. 다음엔 못할지도 몰라요."

나의 표현에 대해 상대방이 어떻게 평가할지는 전혀 생각하지 말자. 상대가 나에게 이미 낙인을 찍는 데 내가 굳이 가만히 찍히고 있을 필요도 없는 것이다. 각색하지 않고 있는 그대로의 정서와 생각 표현에 익숙해지면 더 좋은 결과를 얻는 경우도 생긴다.

강의가 없던 평일이었다. 집에서 편하게 두 다리 뻗고 빈둥거리며 놀고 있던 중에 같은 업종에 종사하는 친한 동료로부터 연락이 왔다.
"인기 강사 현우야. 많이 바쁘지?"
방심한 사이 '인기 강사'란 낙인이 훅 치고 들어왔다. 만약 내가 여기서 그 낙인에 부응하려고 했다면 바쁘지 않음에도 "그러게 말이야. 많이 바쁘네…. 요즘 성수기잖아."라고 말했을 것이다. 하지만 나는 그 낙인에 낚이고 싶지 않았다. 그냥 있는 그대로의 상황을 말해주었다.
"아니, 안 바빠. 친구야. 지금 허송세월 보내고 있어. 남는 강의 있으면 하나만 주겠니?"

이 말에 동료 강사는 크게 웃으면서 "허송세월이래. 그 표현 오랜만에 듣는다. 재밌네."라고 말했다.

더불어 일정이 맞지 않아 성사되진 않았지만 정말로 강의 하나를 덜컥 건네주었다. 이렇게 낙인에 낚이지 않으면 때론 뜻밖의 낙이 찾아온다.

내 삶의 낙인을 탐색하는 체크리스트

다음은 심리학자 앨버트 엘리스가 제시한 11가지 비합리적 신념이다. 나는 스스로 어떤 낙인을 찍었는가? 제시된 문장을 읽고 나에게 해당하는 문장을 찾아보자.

1. 주위 모든 중요한 사람에게 사랑과 인정을 받아야만 가치 있는 사람이다. ☐

2. 모든 면에서 반드시 유능하고 성취적이어야 가치 있는 사람이다. ☐

3. 아무도 나를 이해하지 못할 거야. ☐

4. 나는 항상 통제력을 가지고 있어야만 한다. ☐

5. 인간의 문제엔 언제나 완벽한 해결책이 있고, 이를 못 찾는 것은 매우 끔찍한 일이다. ☐

6. 인간은 타인에게 의지해야만 하고, 의지할 만한 더 강한 누군가가 있어야 한다. ☐

7. 인간은 타인의 문제에 함께 괴로워하고 속상해야만 한다. ☐

8. 현재는 과거의 일이 결정하고, 인간은 과거의 영향에서 벗어날 수 없다. ☐

9. 불행은 외부 환경 때문에 결정되며, 우리는 외부 환경을 통제할 수 없다. ☐

10. 위험한 일과 두려운 일이 일어날 가능성에 대해 항상 유념해야 한다. ☐

11. 도움을 요청하는 것은 내가 약하다는 것을 의미한다. ☐

07
실망에 의연해지는 방법

"실망은 우리의 기대를 재조정하는 과정이다."

알랭 드 보통

앞에서도 이야기했듯 나는 누군가 행복해하는 모습을 보면 덩달아 행복감을 느낀다. 되도록이면 나에게 중요한 사람들이 원하는 것을 기꺼이 해주고 싶고 그들의 기대에 부응하고 싶다. 그래서인지 나에게 유독 아프게 다가오는 말이 있다.

"너, 실망이야."

장난으로 가볍게 건넨 말일지라도 그 '실망'이라는 단어를 들으면 유난히 의기소침해지고 신경이 쓰인다.

'실망'은 바라던 일이 뜻대로 되지 않아 마음이 몹시 상함을 뜻한다. 누군가가 나에게 실망했다면 내가 아마 그 사람이 '바라던 대로' 행하지 않았기 때문일 것이다. 정도의 차이는 있겠지만, 누구나 실망이라는 단어를 접하면 유쾌하지 않을 것이다. 내가 다른 사람에게 실망하든, 다른 사람이 나에게 실망하든 어쨌든 그것을 기뻐하는 사람은 아마 없을 것이다. 나의 경우엔 상대방의 기대에 부응하고 싶다는 강한 욕구가 좌절되면서, 더욱 속상해지며 약간의 죄의식마저 든다.

그런데 그 '기대'라는 것, 애초에 충족시킬 수 있는 내용이었을까?

나는 수영을 못 한다. 친구와 함께 수영장이 있는 호텔을 갔다고 생각해 보자. 수영을 좋아하는 친구는 나와 수영장에서 많은 시간을 보낼 기대를 하고 있었다. 그런데 내가 수영장을 잘 즐기지 못하자 친구는 실망을 감추지 못한다. "같이 신나게 수영하고 싶었는데, 네가 수영을 못 한다니 실망이야." 이때, 친구의 상한 마음에 내가 어떤 잘못을 한 것일까? 수영을 못 하는 것이 잘못인가?

내가 누군가에게 실망할 때도 마찬가지이다. 내가 원했던 반응이 상대로부터 나오지 않으면, 꼭 그 사람이 잘못한 것인가? 애초에 내가 기대했던 기준과 수준이 그 사람에게 맞지 않았던 것은 아닐까?

특정 누군가가 유독 나에게 '실망이다.'라는 말을 자주 한다면, 그 사람이 생각하고 있는 나와 실제의 내 모습이 다를 가능성이 크다. 내가 특정 누군가에게 실망을 많이 하는 경우 또한, 어쩌면 그 사람을 제대로 이해하고 있지 못하는 것일 수 있다. 혹은 그 사람을 있는 그대로 받아들이려고 하기보다는 나의 기준에 맞춰 상대가 바뀌기를 강하게 바라고 있는지도 모른다.

실망의 사전적 의미를 토대로 말을 조금 바꿔보면 "너, 실망이야!" 는 "너, 내가 바라던 모습이 아니야."라고 할 수 있다. 내가 상대방이 바라는 모습이 아니라고 해서, 상대방이 내가 바라는 모습이 아니라고 해서, 잘못이라고 치부하기는 어렵다.

그래서 이제 실망에 조금 의연해 보려고 한다. 의기소침해지고 미안함을 느끼며 실망하게 하지 않으려 타인의 기대에 무조건 따르지 않으려고 한다. 다른 사람의 기대에 모두 부응하며 살아갈 수는 없다. 서로가 기대에 조금 못 미치는 부분이 있을 수밖에 없다. 실망은 자연스럽다.

상대에 대한 관심과 애정이 있기 때문에 서로 기대도 하고, 실망도 하는 것이다. 어쩌면 실망은 관심 있는 서로가 서로의 다른 기준과 기대 수준을 확인할 수 있는 좋은 계기가 될 수도 있다. 실망 앞에 너무 두려워하지 말자. 당신이 누군가가 바라던 모습이 아니어도 괜찮다.

08
이 감정 또한 지나간다

"감정이란 당신이 지금 느끼는 것이지 그 감정 자체가 당신인 것은 아니다."

섀넌 엘 알더

종종 일기를 쓴다. 주로 감정이 강렬한 날들을 기록한다. 작년 이맘때 내가 어떤 감정을 느끼며 지냈었는지 문득 궁금해져 작년의 기록을 살펴보았다. 일 년 전의 나는 꽤 힘들었던 모양이다. 업무도 인간관계도 내 마음 같지 않은 나날들에 대한 좌절감, 먹먹함, 불안함이 글에 잔뜩 녹아 있었다. 당시의 상황이 떠오르면서 그 감정들이 다시 전해졌다. 그때의 내가 안쓰럽고 애달프게 느껴졌다. 그리고 이렇게 말해주고 싶어졌다.

"너무 많이 힘들어하지 마, 현미야. 다 지나가."

슬픔이, 좌절감이, 불안이 나를 휘감을 때는 앞이 캄캄해진다. 이 감정이 내일이고 모레고 계속될 것만 같아 막막하고 무력해진다. 힘들게 준비한 시험에서 낙방하거나, 사랑하는 연인과 이별하거나, 믿었던 누군가에게 배신당하거나, 계속해서 면접에서 떨어지거나…. 나를 수렁에 빠지게 하는 상황들은 너무나 많다.

21살 때, 당시 만나던 동갑내기 남자 친구가 군대에 입대했다. 일상을 가장 많이 나누던 소중하고 사랑하는 남자 친구가 군대에 가다니! 내일이 없을 것처럼 슬펐다. 경기도에 있는 훈련소까지 함께 가 남자 친구를 배웅하고 집에 와서는 3일 내내 울고 밥도 제대로 먹지 않았다. 마치 세상에 홀로 남겨진 것처럼 슬퍼했으나 일주일, 한 달, 시간이 지나며 남자 친구가 없는 일상에 점점 적응하기 시작했다. 땅이 꺼지게 울며 슬퍼했던 내 감정도 조금씩 잦아들었고 그가 상병을 달고 얼마 되지 않아 우리는 헤어졌다. 헤어졌을 당시의 감정은 잘 기억나지 않는다. 아마도 당연히 힘들었을 것이다. 그리고 분명한 건 그 감정 또한 지나갔다.

나를 둘러싼 상황과 환경은 계속해서 변해가고 내 감정도 경험에 따라 모습을 바꾸며 지나간다.

일 년 전 일기에는 불안이 가득했지만, 요즘은 '스트레스를 이렇게 받지 않고 지내도 괜찮은 건가?' 싶을 정도로 평온하다. 그리고 이제 안다. 이 평온함 또한 지나갈 것이다. 일 년 내내 좋기만 한 적도, 또 나쁘기만 한 적도 없다. 한동안 행운이 함께하는 것처럼 좋은 일이 계속되다가도 어느 순간 벼랑 끝에 매달린 것처럼 힘들어지기도 한다. 이 힘듦이 언제 끝나나 지루하고 괴로운 날들을 보내다 보면 또 좋은 일이 서서히 다가온다. 아마 다들 그렇게 얘기하듯, 오르락내리락 하는 것이 삶인가 보다.

그러니 지금 힘들다고 해서 세상이 무너졌다고 생각하지 말자. 슬픔에 몰입되어 점점 더 수렁으로 빠져들지 말자. 상황에 따라 감정도 함께 오르락내리락 영향을 받기 마련이지만, 그 상황을 내가 어떻게 받아들이냐에 따라 그 높낮이를 어느 정도 조절할 수 있다.

'이 순간이 한도 끝도 없이 계속될 거야.'
'내 인생은 망했어.'
'이제 다 끝이야.'

이와 같은 생각은 나를 힘들게 하는 상황과 한편이 되어 나를 수렁으로 밀어 넣는 것이다. 감정은 지나간다. 다가올 상승의 구간을 기대하며, 스스로 힘을 실어주자.

'힘들지만 지나갈 거야.'

'지난번에도 결국 지나갔잖아.'

'이렇게 힘들다니, 이제는 올라갈 일밖에 없겠어.'

멘탈 회복은
혼자가 아님을 깨닫는 것

"절대로 실수하지 않는 사람은
아무 일도 하지 않는 사람뿐이다."

로맹 롤랑

카페에 가만히 앉아서 커피의 맛을 음미하거나 풍경을 즐기는 것도 좋지만 우연히 옆 테이블에서 들려오는 타인의 이야기가 더 흥미로울 때가 있다. 물론 내게 작정하고 다른 사람의 이야기를 엿듣는 취미가 있는 것은 아니다. 대개 이런 상황은 유독 시위하듯 언성이 높은 사람들이 대화하거나 내가 현재 잡고 있는 일이 잘 풀리지 않아 주의가 분산되는 경우에 생긴다.

그날은 점심 무렵 모 금융회사의 같은 부서 직원으로 보이는 5명이 내가 앉아 있는 쪽에 위치한 원형 테이블로 다가와 앉았다. 엿들으려는 의도는 없었지만 한 직원이 유독 높은 음역으로 한숨을 연거푸 쉬는 소리가 귀에 민감하게 감지되어 하던 일을 잠시 멈추고 경청 레이더를 작동시킬 수밖에 없었다. 상황을 살피니 한숨 쉬는 직원은 업무상 큰 실수를 한 모양이었다.

"아, 제가 정말 왜 그랬는지 모르겠어요.", "하…. 진짜 눈 앞이 캄캄합니다.", "면목이 없습니다. 죄송합니다."

이런 류의 자책과 사과를 부서원들에게 연거푸 쏟아냈다. 같은 부서원들도 뭐라고 딱히 위로를 건네기 어려운 상황인지 별반 반응이 없었다. 커피는 놓여 있지만 어느 누구도 선뜻 커피를 호젓하게 마실 수 없는 묵직한 분위기였다.

그때였다. 누가 봐도 앉아 있는 직원보다 높은 연령과 직급을 지닌 팀장님(직원들이 그렇게 불렀다.)이 밝게 웃으며 조각 케잌 몇 개를 쟁반위에 담아와서는

"야, 달달한 거 먹으면 기분 좋아지니까 팍팍 먹자.", "먹는 게 행복이고 남는거야.", "많이 먹어."라고 호탕하게 웃으며 직원들에게 포크를 하나씩 건넸다. 부서원들의 입가에 그제서야 웃음기가 조금씩 돌면서 "엇, 팀장님. 서프라이즈 케잌 감사합니다.", "와! 맛있겠네요."라며 분위기가 점점 좋아졌다.

하지만 정작 한숨을 쉬던 직원은 포크를 들고만 있을 뿐 정복하기

어려운 두터운 성곽을 마주한 병사처럼 그 어떤 동작도 취하지 못하고 있었다. 그때 팀장님은 한숨 쉬는 직원에게 이렇게 말했다.

"우리 회사 14,000명 직원 중에 실수하는 사람이 안 나오는 게 이상한 거야.", "너 말고도 크고 작은 실수하는 사람이 하루에 수백 명, 수백 건이 넘는다.", "네가 지금까지 이 일을 잘 처리한 날이 몇 천 일도 넘어. 오늘 하루 일로 너무 자책하지 마.", "잘 처리될 테니까 걱정하지마. 이 위에 딸기는 네가 먹어라."

직원은 위로를 받은 듯 평온한 표정을 지으며 조심스럽게 포크를 케이크 곁으로 이동시켰다. 감히 맞은편 테이블에 앉아 섣불리 누군가를 평가하면 안 되지만 정말 훌륭한 리더가 아닐 수 없었다.

사람은 위기나 실패를 만나면 시야가 좁아지기 마련이다. 심리학에서는 이를 두고 '터널 시야 현상'이라고 일컫는다. 터널 시야에 갇히면 그간 성취했던 많은 순간을 보지 못하게 되고 나쁜 아니라 수많은 사람도 비슷한 실패를 겪었을 것이라는 것 또한 생각지 못하게 된다. 실패 발생의 원인을 개인적인 요소에서 찾고, 영원히 이 영향이 지속될 것이라 믿으며, 이 일뿐만이 아니라 삶의 전반적인 부분에 영향을 미친다고 생각하는 오류에 빠지게 된다.

반면 위의 팀장님처럼 건강한 시야를 가지고 있는 사람은 예기치 못한 상황을 만났을 때 개인만이 아닌 보편성의 시각으로 외부 요소에서 원인을 찾고, 그 일이 특정 부분에 잠깐 영향을 미치는 것이라고 생각하며 의연하게 버텨낸다. 어찌 보면 너무나 당연한 이치이지만 난관에 봉착해 궁지에 몰리면 그런 이치가 잘 보이지 않는다. 이럴 땐 현명한 사람의 한 마디나 좋은 책 한 구절이 컴컴한 어둠 같던 머릿속을 일순간 밝게 비춰 시야를 넓혀주기도 한다. 그런 의미에서 저 사원은 너무나 좋은 멘토를 만난 것이다.

겨울이 차츰 물러가며 얼핏 기분 좋은 따스함이 스미던 어느 날 오후. 뜬금없지만 '나도 저런 지혜롭고 따스한 리더가 되어야겠다'는 급진적이고 단순한 다짐을 해보았다.

감정도 습관입니다

"인간을 불안하게 만드는 것은 사물 그 자체가 아니라, 그것을 바라보는 인간의 방식과 관념이다."

에픽테토스

버스에 앉아 있는데 이제 막 버스에 오른 어떤 사람이 내 옆을 지나가며 인상을 쓴다. 이럴 때, 어떤 생각이 드는가?

'뭐지? 나 지금 이상한가?'
'기분이 좀 안 좋은가 보네.'
'뭐야, 지금 싸우자는 건가?'

같은 상황이지만, 사람들은 각기 다른 생각을 떠올린다. 일상을 지내며 마주하는 다양한 상황에서 이렇게 자동적으로 떠오르는 생각들을 심리학자 아론 벡은 '자동적 사고'라고 명명했다. 그리고 이 자동적 사고는 그 상황에 대한 사람들의 감정과 행동, 생리적 변화 즉 결과적인 우리의 '반응'을 유발한다.

'내가 지금 좀 이상한가?'라고 생각한 사람은 약간의 당혹스러운 감정을 느낄 것이다. 그러고는 자신이 지금 괜찮은지, 얼굴에 뭐가 묻었다거나 옷이나 머리가 엉망인 상태는 아닌지 점검하는 행동을 할 것이다.

'기분이 안 좋은가 보네.'라고 생각한 사람은 그 상황에 별 타격감을 느끼지 않고 아마 본래 하던 행동을 지속할 것이다.

'싸우자는 건가?'라는 생각이 든 사람은 약간의 불쾌감을 느끼며 그 사람을 향해 같이 찡그린 얼굴을 보여줄지도 모른다.

이렇듯 내가 현재 느끼는 감정과 내 신체 반응, 나의 행동은 내가 어떤 생각을 떠올렸느냐에 따라 달라진다. 그리고 이 자동적 사고는 '스키마'의 영향을 받는다. 스키마는 자신과 세상, 미래를 향한 관점(신념)으로, 여러 가지 삶의 경험으로 인해 만들어진다.

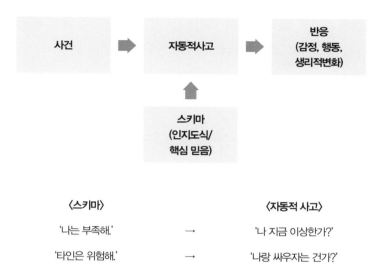

〈스키마〉		〈자동적 사고〉
'나는 부족해.'	→	'나 지금 이상한가?'
'타인은 위험해.'	→	'나랑 싸우자는 건가?'

　　우리는 경험, 성장 배경, 개인의 성향 등이 모두 다르기 때문에 사람들은 저마다 서로 다른 스키마를 가지고 있다. 이 신념의 방향이 부정적일수록 우리는 일상 사건을 부정적으로 해석하고 따라서 부정적인 감정을 더 많이 경험하게 된다. 오랜 시간 살아온 경험을 바탕으로 축적된 스키마는 변화가 쉽지 않다. 표면적으로 잘 드러나지도 않는다. 그러나 스키마로 인한 '사고 패턴'은 주의를 기울이면 충분히 인지할 수 있다. 그리고 인지하고 나면 사고의 습관을 바꿔 나갈 수 있다.

　　사람들은 감정의 변화가 일어나면, 예를 들어 화가 나면, 그 '상황' 때문에 화가 났다고 생각한다. 그러나 사실은 위에서 언급했듯 상황에 대한 개인의 '해석' 때문에 화가 나는 것이다. 누군가 내 말에 반대 의견을 제시했을 때, '나를 무시하는구나.'라는 생각이 떠오르면 화가 나거나 의기소침해질 수 있다. 내가 느끼는 감정을 이해하기 위해서는 부정적인 감정을 느낀 그 순간, 상황과 나의 감정 사이를 매개하는 자동적 사고가 무엇인지를 주의 깊게 살펴봐야 한다.

* 아론 벡 – 역기능적 사고 일일 기록지

상황	감정 / 행동반응	자동적 사고	합리적 반응	결과
상사와의 대립을 배우자에게 얘기했으나, 내 편이 되어주지 않고 상사의 입장을 대변하고 있다.	감정: 서운함, 분노 행동: 배우자에게 소리를 치며 화를 내고 방으로 들어감.	내 편이 되어주지 않았다니, 나를 위하지 않는 거야. 나를 무시하고 있구나.	이 사람은 원래 문제해결 주의적 사고를 가지고 있어. 나와 달라. 나를 이해시키기 위해 상사의 입장을 설명해주는 거구나.	나의 감정을 좀 더 헤아려줬으면 좋았겠지만, 성향이 다르기 때문에 다른 반응을 보일 수도 있어. 이렇게까지 내가 감정을 소모하며 과하게 화낼 필요는 없어.

기록지의 예시처럼, 사건과 감정 및 행동반응을 정리하면 내 반응에 어떤 생각이 개입되었는지 발견할 수 있다. 그리고 자동적으로 떠오른 나의 생각이 과연 타당했는지, 좀 더 현실적이고 합리적인 사고는 어떤 것이 있는지 점검할 수 있다. 이런 과정을 통해 나를 괴롭게 하

는 사고를 발견하고 수정해 나갈 수 있다.

감정을 관리하기 위해서는 감정이 발현되는 원리를 파악해야 한다. 부정적인 감정을 유독 많이 느끼는가? 그런 감정을 떨쳐내고 싶다면 그것의 원인이 되는 나의 생각을 점검하고, 부정적인 감정을 덜 경험할 수 있는 합리적인 생각과 믿음으로 교정해야 한다. 자동적 사고도 감정도 습관이다. 부정적인 감정을 불러일으키는 생각을 정리하고 바로잡자. 그리고 보다 합리적이고 긍정적인 생각과 감정을 선택하는 습관을 길러보자.

최근 나를 화나게 했던 상황을 떠올리며 기록지를 정리해 보자. 어떤 자동적 사고가 당신을 화나게 했는가?

상황	감정 / 행동반응	자동적 사고	합리적 반응	결과

4단계

다시 시작하기

―

나아감을 위한 가다듬기

01
손해는 티끌에 불과하다,
태산처럼 견뎌라

"세상에서 성공하기 위해서는

타인에게 사랑을 받을 수 있는 덕과

타인들이 두려워할 만한 뚜렷한 소신이 필요하다."

주베르

앤디 워홀의 제자이자 팝아티스트 사진작가로 명성을 떨친 데이비드 라샤펠의 전시회를 갔을 때 일이다. 데이비드 라샤펠은 고정관념을 철저히 깨는 시도로 관람하는 이로 하여금 혀를 내두르게 만드는 다양한 작품을 많이 만들어 냈다. 그중 〈Green Field〉라는 작품은 사진으로 보면 거대하고 웅장한 위용을 뽐내는 정유 공장이 활발히 가동되고 있는 모습이지만 실제 촬영에 쓰인 모델을 가까이서 보면 빨대나 빈 음료 페트병, 맥주캔 같은 재활용품으로 만들어져 있는 그리보잘것없는 2평 남짓한 작품이다. 사진과 실제 모델을 번갈아 보며 과연 같은 작품이 맞는지 몇 번을 의심했다. 작가의 인터뷰를 통해 어떻게 보면 보잘것없는 재활용품의 조합이 이렇게 웅장한 사진 작품으로 탈바꿈할 수 있었던 요인이 무엇인지 알 수 있었다.

데이비드 라샤펠은 컴퓨터 CG를 사용하지 않고 실제 모델을 화면에 담아내는 작가로 유명하다. 작품에 보이는 연기와 화염 역시 컴퓨터 그래픽이 아니다. 뿐만 아니라 저 오묘한 색상의 웅장한 하늘을 담기 위해 일부러 해외의 사막까지 찾아가 마음에 드는 색상의 하늘이 나올 때까지 수많은 시간을 기다렸다고 한다. 저 하늘 배경 하나를 얻기 위해 많은 스텝과 함께 여러 장소를 물색했을 것이다. 고생 끝에 찾아낸 사막에서 체력과 예산을 소비하면서도 언제 좋은 하늘이 나올지 모르기에 그들이 느꼈을 지루함과 불확실성을 생각해 보면 아찔하다. 그러나 결국 며칠의 고생이 헛되지 않을 만큼 후대에 영원히 남을 명작이 탄생했다. 하늘 배경 하나가 뭐 그리 중요하냐고 생각할 수 있겠지만 저 웅장한 하늘이 없는 상태의 작품을 떠올려보면 뭔가 허전하다. 그리고 그 하나가 이 작품의 퀄리티를 수십 배는 끌어올렸다고 생각한다. 하늘만큼이나 멋진 스토리텔링을 남겼기 때문이다.

때론 하나를 얻기 위해 몇 배의 노력과 시간을 써야 할 때도 있다. 그것이 가치 있는 일이라면 누가 뭐라 해도 그 하나를 위해 최선의 노력을 기울이는 것이 장인 정신이고 남다른 결과를 만들어내는 비결이다. 오늘도 나만의 하늘 배경을 얻기 위해 열심히 노력하는 자신에게 의심과 비난을 하기보다는 남다른 스토리를 만들어가는 스스로를 대견해하며 지지해 줄 수 있는 오늘이 되었으면 좋겠다.

출처: Land Scape Green Fields; Los Angeles, 2013 Refinery ⓒ David LaChapelle
[아라모던아트뮤지엄 제공]

Photograph by 정현우

02

장소부터 바꿔라

"사람은 공간을 만들지만, 그 공간은 사람을 만든다."

윈스턴 처칠

가끔 작업하러 가는 카페가 있다. 남양주 어딘가에 있는 'Coffee area.' 한강이 내다보이는 창가 자리에 앉아 핫초코를 마시고 있으면 왠지 마음이 차분해진다. 생각 정리도 잘되는 기분이다. 물론 일도 잘된다.

저마다의 장소가 주는 힘이 있다.

손꼽아 기다리던 여행지에 가서 시간을 꾹꾹 눌러가며 행복을 만끽하고 아쉬움 가득한 채로 집에 돌아오지만, 막상 집에 들어서면 '역시 내 집이 최고'다. 휴식을 취하기에는 내 집, 내 침대만 한 장소가 없다.

공부는 어떤가? 사람마다 다르겠지만 내 경우에는 내 방 책상에 앉아 있으면 도무지 속도가 붙지 않는다. 갑자기 방 정리가 하고 싶고 조금만 뻐근해도 옆에 있는 침대로 눈이 돌아간다.

우리는 무언가를 '하기 위해' 적절한 장소를 선택한다. 공부를 하러 도서관에 가고 운동을 하기 위해 헬스장을 방문한다. 때로는 힐링을 위해 자연을 찾는다. 도서관에서 공부하는 사람들에 둘러싸여 있으면 '나도 열심히 해봐야겠다'는 의지가 꿈틀댄다. 그리고 어쨌든 도서관에는 침대가 없지 않은가? 어쩔 수 없이 앉아 있다 보면 딴짓을 하다가도 다시 일을 시작하게 된다.

적절한 장소에 가면 하기 싫던 것도, 잘 안 되던 것도 환경의 힘에 이끌려 그냥저냥 하게 된다. 우리는 모두 주어진 내 할 일을 다 하며 하루하루를 살아내고 있다. 생계를 위해, 목표를 위해, 성장을 위해 나를 이끄는 일을 반복해야 한다. 하지만 실천이 여간 어려운 것이 아니다.

나는 해야 할 일이 있을 때, 그것을 '하기 전'에 스트레스를 가장 많이 받는다. 막상 시작하면 그럭저럭 해내지만 시작하기까지가 몹시 어렵다. 그래서 일단 장소를 바꾸려고 노력한다. 장소의 힘에 연약한 나를 기대본다. 해야 하는 일에 따라, 그날그날의 감정에 따라 나에게 힘이 되어주는 공간을 알고 있는 것은 나를 다독이는 데 큰 도움이 된다. 독일의 작가 발터 슈미트는 그의 저서 『공간의 심리학』에서 공간에 따라 사람의 생각, 감정, 일의 능률이 달라지기 때문에 이런 공간 심리학적인 시각에서 우리가 적극적으로 공간을 선택하기를 권한다.

공간을 찾아 적극적으로 움직여라.

내 의지만으로 도무지 진전되지 않는 업무, 쉽게 전환하기 어려운 부정적 감정, 정리되지 않는 복잡한 생각들을 처리하기는 어렵다. 공간이 이것들을 해결하는 데 도움이 된다니, 적극적으로 이용하지 않을 이유가 없다. '공간의 힘'을 믿는 나는 몰입이 잘되는 공간, 나에게 안정감을 주는 공간, 자유를 누릴 수 있는 공간을 발견하는 것만으로도 꽤 든든한 마음이 든다. 몸과 마음이 내 맘 같지 않을 때, 약해져 있는 나를 도와줄 든든한 공간을 마련해 보자.

공간의 힘을 활용하기 위한 체크리스트

1. 나는 어디에서 집중이 잘되는가? ☐

---

2. 나는 어디에서 편안함을 느끼는가? ☐

---

3. 나는 어디에서 자유를 경험하는가? ☐

---

4. 그밖에 나에게 필요한 공간은 무엇인가? ☐

03
수저와 앞 접시 그리고
마음의 상관관계

"시간이 덜어주거나 부드럽게 해주지 않는 슬픔이란 하나도 없다."

키케로

문득 '이토록 세상이 빠르게 발전하고 있지만 예나 지금이나 전혀 발전하지 않고 그 자리에 머물러 있는 물건은 무엇이 있을까? 그럼에도 쓰임새 또한 여전히 줄지 않은 물건은 무엇이 있을까?'라는 궁금증이 들었다.

단순히 오래되기만 한 물건은 많이 있다. 아직 외할머니 집에 보존돼 있는 맷돌도 오래됐지만 이제는 쓰지 않는다. 그렇다면 전혀 진화하지 않고 쓰임새가 줄지 않는 궁극의 물건은 무엇일까? 내 생각에 그것은 '수저'라는 생각이 들었다. 아직까지 내가 아는 한 숟가락과 젓가락은 괄목할 만한 진화가 이뤄지지 않았다. 숟가락과 젓가락은 예나 지금이나 떠올리는 이미지의 변화가 아예 없는 수준이다. 대충 나무나 쇠에 기다란 그 모양 그대로인 것이다. 감히 배짱을 부려 예언을 해 본다면 앞으로도 영원히 수저가 발전하는 일은 없을 것이다.

비록 물건은 아니지만 우리에게도 수저처럼 변함없이 존재하는 무언가가 있다. 그 무언가는 바로 '마음'이다. 마음은 시간이 흘러도 쓰임새가 줄지 않는다. 예나 지금이나 좋은 일이 생기면 기쁘고 기대했던 일이 잘 성사되지 않으면 좌절한다. 사랑할 땐 행복하지만 헤어짐 앞에선 여전히 고통스럽다. 이런 형태는 전에도 그랬고 앞으로도 그럴 것이다.

수저로 떠먹기에 버거운 크기를 지닌 음식이 있는 것처럼 마음도 감당하기에 버거운 크기를 지닌 시련이 있다. 이럴 땐 마찬가지로 오랜 세월이 흘러도 쓰임새가 줄지 않는 앞접시와 시간의 도움이 필요하다. 한 번에 소화하기 어렵거나 뜨거운 음식은 앞접시에 일단 건진다. 그리고 시간을 들여 열기를 식혀가며 수저로 조금씩 나누어 섭취하면 된다.

우리가 지금 걱정하고 힘들어하는 문제도 얼마간의 시간과 앞접시만 있으면 그리 걱정할 문제가 아니라는 생각이 든다. 우리 삶에 있어 앞접시는 '날 지지하는 사람'과 '좋은 책과 음악' 그리고 '내 마음이 좋아하는 활동'과 같이 다양한 크기와 디자인으로 구비되어 있으니 마음에 드는 앞접시를 꺼내 적재적소에 사용하면 된다. 엄청나게 많아 보였던 음식도 막상 숨이 죽으면 그리 많은 양이 아닌 것처럼 시간과 앞접시는 쓰라리게 했던 문제의 크기와 열기를 반드시 줄여줄 것이다. 그리고 당신은 이내 거뜬히 소화해 낼 것이다. 그러니 나를 위해 기꺼이 시간과 앞접시 몇 개를 마련해 주자.

04
꼬리에 꼬리를 무는
걱정 벗어나기

"걱정해도 소용없는 걱정에서 나를 해방시켜라.
그것이 마음의 평화를 얻는 가장 가까운 길이다."

데일 카네기

이런저런 생각에 잠이 쉽게 들지 않는 그런 날들이 있다. 새벽 일찍 일어나야 하는 일정이나 부담되는 프로젝트를 앞둔 밤에는 온갖 걱정에 휩싸여 잠들기가 더욱 어렵다. 주변인들과의 관계에서 좋지 않은 이슈가 있을 때도, 여행 가기 전 기대에 잔뜩 부풀어 있을 때도 마찬가지다. 좋아도 걱정, 나빠도 걱정이다.

탈출구 없는 생각과 걱정이 온 정신을 쏙 빼놓아 몽롱한 순간들을 종종 접한다. 그리고 그 결과는? 들인 시간과 노력에 비해 실속이 없는 경우가 훨씬 많다. 남는 건 걱정이 불러들인 또 다른 걱정과 불안,

그리고 다크써클을 동반한 퀭한 몰골 정도랄까. 꼬리에 꼬리를 무는 걱정은 결국 부정적인 결과를 더 많이 가져다준다.

매 순간 이런저런 걱정 속에 살고 있지만, 지난 순간들을 돌이켜보면 막상 어떤 걱정들이 나를 감싸고 있었는지 잘 떠오르지도 않는다. 1년 전 이맘때쯤 어떤 고민이 나의 숙면을 방해했는지 전혀 기억나지 않는다. 확률로 따져 유추해 보자면, 내가 삶에서 가장 많이 신경 쓰고 있는 부분인 능력 혹은 관계와 관련된 고민이지 않을까 싶다. 완벽하게 해내고 싶고, 잘못된 선택을 하고 싶지 않다. 그런데 완벽이라는 것이 가능할까? 각양각색의 사람들이 모여 살고 있는 불확실한 사회 속에서 나의 모든 기대를 충족하는 완벽이란 결과는 어불성설이다. 내가 하는 강의가 누군가에게는 마음을 울리는 메시지로 다가갈 수도 있고 또 다른 누군가에게는 별 의미 없는 소리일 수도 있다. 이 회사 말고 저 회사를 선택했다면? 과연 좋기만 할까? 거기에도 그 나름의 고충이 있고 나와 맞지 않는 누군가가 있을 수 있다.

내가 과거에 선택한 무언가에 대해, 이미 수행한 어떤 일에 대해, 전혀 짐작도 가지 않는 다른 사람들의 평가와 마음에 대해 너무 불필요하게 많은 에너지를 쏟아붓고 있다. 앞으로 일어날 미래에 대해 이런저런 걱정을 미리 한다고 해서, 막상 결과를 마주했을 때 걱정을 덜

하게 되는 것도 아니다. 이래저래 소득이 없다. 어떻게 하면 걱정을 줄여나갈 수 있을까?

먼저 내가 어떤 걱정을 하고 있는지 제대로 알 필요가 있다.

온갖 걱정 무리가 질서 없이 머릿속을 휘저을 때, 걱정에 매몰되어 걱정 무리를 키워 나가기보다는 한 발짝 떨어져서 그 걱정을 내려다 보는 것이다. 일에 대한 부담으로 인한 걱정인지, 프로젝트의 결과를 앞두고 하는 걱정인지, 관계에서 오는 갈등으로 인한 걱정인지.

걱정의 내용을 정리했다면 그다음은 내가 통제할 수 있는 부분인지, 없는 부분인지 구분해 보자.

이미 본 면접에 대한 결과, 내가 어찌할 수 없는 상대방의 마음, 사회나 조직의 시스템, 과거에 내가 했던 어떤 행동 등 사실 우리가 하는 걱정의 대부분은 내가 통제하기 어려운 영역이다. 내가 아무리 고민하고 걱정해봤자 내 힘으로 어떻게 해 볼 수 없는 이런 통제 불가능 영역의 걱정은 떨쳐버려야 한다. 그 시간에 힘이 되는 사람과 통화를 하던, 산책을 하던, 유튜브를 보던, 노래를 듣던 무언가를 하면서 생각을 전환해보자.

만약 내가 할 수 있는 일이 있다면, 즉 내 노력 여부에 따라 달라질 수 있는 부분이 있다면, 완벽을 쫓으며 걱정만 하지 말고 내가 할 수 있는 부분을 '일단 하자!'

그게 무엇이든 일단 하면, 결과가 남는다. 완벽에 대한 걱정을 미뤄두고 '일단 노트북 앞에 앉아 뭐라도 쓰자'는 심정으로 시작한 글이 어쨌든 지금 이렇게 남아 있지 않은가? 할 수 있는 일이 있음에도 불구하고 걱정으로 시간을 채운다면, 결국 하지 않은 일에 대한 책임과 자책, 피로가 콤보로 나를 때려올 것이다.

우리가 하는 걱정의 대부분은 생산적이지 않다. 내 걱정을 인식하고 분류하는 작업을 통해 걱정으로 가득 찬 머릿속을 정리해 보자.

걱정의 수렁에서 빠져나오기 위한 체크리스트

1. 나는 주로 어떤 주제에 대해 걱정하는가? ☐

_____

_____

2. '지금' 내가 걱정하는 것들을 나열해 보자. ☐

_____

_____

3. 내가 하는 걱정 중 통제할 수 있는 것은 무엇인가? ☐

_____

_____

4. 걱정을 해소하기 위해 내가 할 수 있는 일은 무엇인가? ☐

_____

_____

05
인생을 재미있게 만들어주는 방어기제?
유머!

"유머 감각이 없는 사람은 스프링이 없는 마차와 같다.
길 위의 모든 조약돌마다 삐걱거린다."

헨리 워드 비처

일단 시작부터 다짜고짜 웃음의 효능부터 얘기해 보겠다. 우리는 웃음 지을 때 행복 호르몬이라 불리는 도파민과 신뢰를 경험할 때 나오는 옥시토신 호르몬이 분비되고 이에 따라 스트레스 레벨이 낮아지면서 최악의 독소로 불리는 코티솔 호르몬 분비를 저하시킨다. 고통을 진정시키는 천연 진통제인 엔도르핀도 분비된다. 인디애나주 볼 메모리얼 병원은 15초 정도의 웃음이 2일 정도의 수명을 연장시키는 효과가 있다고 발표했다. 웃음은 두뇌 회전에도 영향을 미친다. 웃음과 창의적 문제 해결의 상관관계와 관련하여 심리학자 앨리스 아이젠은 재미있는 영상을 보고 많이 웃은 집단이 중립적인 감정을 유지하게 한 집단보다 창의적 문제해결력이 필요한 문제를 2배 이상 많이 풀었다는 사실을 입증했다.

　이토록 웃음의 힘이 대단해도 삶을 살아가며 웃음을 쏙 들어가게 만드는 크고 작은 힘듦의 순간을 우리는 맞이한다. 이럴 때 따라오는 부정적 감정으로부터 심리적 균형을 맞추고 나를 보호하기 위해 우리의 마음과 행동은 가만히 있지 않고 저마다 고유한 '방어기제'를 사용한다. 이 방어기제는 감당하기 어려운 상황을 만났을 때 나도 모르게 사용하는 방어수단을 뜻한다. 이 방어기제는 쓸수록 나에게 해가 되는 것도 있고 쓸수록 득이 되는 것도 존재한다.

　쓸수록 큰 힘을 부여하는 방어기제는 바로 '유머'이다. 웃음이 낙하산이라면 유머는 그 낙하산을 통제하는 버튼이라고 볼 수 있다. 웃음은 유머 없이 밖으로 나올 수 없다. 유머는 '자신 혹은 타인이 불쾌하지 않도록 자신의 감정이나 욕구를 공개적으로 즐겁게 표현함으로써 상황을 호전시키는 능력'이다. 유머는 긴박하고 힘든 순간도 이기게 만들어 준다.

　1981년 3월, 레이건이 괴한의 총에 맞아 중상을 입었을 때의 일이다. 간호사들은 황급히 지혈하기 위해 레이건의 몸을 만졌고 이때, 레이건은 걱정스런 표정을 짓는 간호사들에게 아픈 와중에도 이런 유머를 던졌다.

"혹시 내 아내한테 허락을 받았나요?"

얼마 후, 부인 낸시 여사가 나타나자 이렇게 말해서 부인을 안심시켰다고 한다.

"여보, 미안해. 총알이 날아왔을 때 영화처럼 납작 엎드리는 걸 까먹었어."

레이건은 이 일화로 지지율의 상승뿐 아니라 당대 모든 정치인 중에 가장 인간미 넘치고 인기 있는 대통령의 반열에 오르게 되었다. 이렇듯 유머라는 방어기제를 가지고 있는 사람은 위기와 고통 속에도 희망적인 부분을 놓치지 않고 더 좋은 결과로 유도하는 능력을 발휘한다.

그렇다면 '유머'는 어떻게 하면 강화시킬 수 있을까?

해답은 '성장 마인드 셋'의 탑재에 있다. 성장 마인드 셋은 미국의 심리학자 캐럴 드웩이 처음 대중화시킨 개념이다. 드웩은 위기나 실패를 대하는 사람들의 태도를 관찰한 결과 성장 마인드 셋을 가진 사람과 고착 마인드 셋을 가진 사람으로 나뉨을 알게 되었다. 고착 마인드 셋은 자신에게 한계를 정해 놓고 도전을 억제하게 만들어 더 이상 성장하지 못하도록 발목을 잡는 마음가짐이다. 반면 성장 마인드 셋은 어떠한 시련도 성장의 관점으로 보며 어려움에 굴하지 않는 마음가짐이다.

성장 마인드 셋을 장착하려면 먼저 우리는 완벽하지 않으며 두려움을 느낄 자격이 있는 사람임을 받아들여야 한다. 우리는 종종 어떤 두려움을 느끼는 것 자체를 부끄러움으로 여겨 자신의 감정을 억압하며 살아가는 경향성이 있다. 오히려 실패하고 두려움을 느끼는 것은 내가 무언가에 도전하고 있기에 보상처럼 받을 수 있는 당연한 정서임을 깨달아야 한다. 자신의 취약성과 불완전함을 받아들이면 상대를 존중하는 능력도 강화된다. 스탠드업 코메디의 대부분이 좀 부족한 사람과 잘 받쳐주는 사람이 함께 서로의 영역을 침범하지 않고 약점을 메꿔줄 때 보는 이로 하여금 가장 조화롭고 즐거운 개그로 다가오는 것도 비슷한 맥락이다.

둘째, 도전은 인생의 마무리를 화려하게 장식하기 위해 달성해야만할 과제가 아니라 현재를 재미있게 만들어주는 놀이라고 생각하면서 즐기는 자세이다. 그래야 편한 마음 상태에서 원래의 내 색깔이 나오며 조금씩 상황도 좋은 방향으로 진전된다. 성장 마인드 셋은 고착된 마인드 셋을 가진 사람보다 유연한 사고를 가지고 있으며 강박과 시간 속에 자신을 가두지 않기에 조급하지 않다. 그래서 어떤 상황도 수용할 수 있다.

셋째, 만약 실패를 겪었다면 그것이 나에게 주는 의미가 무엇이고 앞으로 어떻게 대처하면 더 좋을지 사색하고 기록하며 다른 패턴을 시도해야 한다. 일단 사색하고 기록하지 않으면 시간의 쳇바퀴에 갇혀 똑같은 패턴만 반복하는 지루한 사람이 된다. 어떤 부침을 겪더라도 다음번엔 다른 결과를 만들어 내려면 새로운 패턴을 시도해야 한다. 조금 다른 얘기지만 쿨 재즈의 역사이자 대표 주자로 불리는 재즈 아티스트 데이브 브루벡이 남긴 불후의 명곡 〈Take Five〉 또한 당시 4분의 4박자에 국한된 재즈의 고정관념을 깨고 누구도 시도한 적 없는 4분의 5박자라는 새로운 패턴의 시도를 통해 재즈 역사상 최고의 히트곡을 만들어 냈다.(궁금해할 수 있으니 뒤에 QR코드로 넣어 두겠다.)

힘든 상황에서 자주 사용하는 생각의 패턴을 유머적으로 바꿔보자. 거듭된 야근 때문에 현실을 비관하기보다는 "오, 이 정도 야근 실력이면 야근 올림픽 금메달감이지."라고 패턴을 바꿔 얘기해 보는 것도 좋은 시도이다. 새로운 말과 생각은 새로운 행동을 데리고 온다. 자신이 늘 써먹던 고정관념을 깨고 '이런 방법도 있군.'이라고 나지막하게 말하며 스스로를 미소 짓게 만드는 그 순간이 곧 '유머리스트'가 되는 순간이다. 수십 년의 고정관념을 깨고 새로운 시도를 통해 재즈 역사를 바꾼 〈Take Five〉를 들으며 그동안 꽝꽝 얼어 있었던 사고의 얼음장을 한번 깨 보자. 깨는 도구는 꼭 망치가 아니어도 좋다. 마우스가 될 수도 있고 헤어 드라이기가 될 수도 있다. 엉뚱할수록 더더욱 좋다.

 추천곡 데이브 브루벡 – **Take Five**

06
해내는 사람들의 특징

"끈기를 가지고 계속 두드린다면 당신은 반드시 그곳에 들어가게 될 것이다."

무하마드 알리

2024년 새로운 도전을 목표로 마라톤을 시도했다. 사실 함께 어울리는 친한 친구들이 모두 도전하겠다는 의사를 밝혀 나도 마지못해 참가 신청을 했다. 우리가 참가한 마라톤 대회는 풀 코스(42.195km), 32.195km, 하프 코스, 10km 코스가 운영되었고 나와 친구들은 제일 짧은 거리인 10km 코스를 신청했다. 제일 짧은 코스에 참가했지만 나에게는 큰 결심이 필요했다. 나는 짧은 거리도 보통 차를 이용해서 이동한다. 600m 거리의 헤어샵도 늘 차로 갈 정도니, 정말 웬만해선 걷지 않는다고 봐도 무방하다. 1년 넘게 헬스장에 다니고 있지만 마라톤을 신청하기 전까지 내가 러닝머신 위에서 뛴 적은 정말이지 단 한 번도 없었다.

그런 내가 10km를 뛴다니 처음엔 엄두가 나지 않았다. 연습을 미루고 미루다 대회를 한 달 하고 열흘 앞둔 시점에 드디어 러닝머신 위에서 달리는 것을 시도했다. 2km를 뛰어보기로 마음먹고 속도를 서서히 높였다. '내가 5분 이상을 뛸 수 있을까?' 우려했으나 세상에나! 해냈다. 비록 기록은 처참했지만 15분 이상 뛰는 것이 가능했다. '나도 뛸 수 있구나! 연습하면 10km 완주할 수 있겠다.'라는 생각이 들자, 그렇게 싫던 달리기가 재밌어졌다. 일주일에 3번씩, 2km에서 5km까지 거리를 늘려갔고 기록도 조금씩 줄여갔다. 그런데 3주가 지나는 시점부터 서서히 뛰는 게 재미없어졌다. 뛰는 거리가 늘어나면서 연습이 너무 힘들었고 어느 지점에 다다르자 기록도 더 이상 줄지 않았다. 이 핑계 저 핑계 대며 일주일을 쉬어 버렸다.

어느덧 대회가 2주 앞으로 다가왔고 함께 도전한 친구들에게 폐를 끼칠 수 없어 다시 연습을 시작했다. 기록에 연연하지 않고 남은 시간 동안 체력을 다져 완주하는 것을 목표로 삼았다. 연습 거리를 줄여 하루에 3km씩만 꾸준히 달렸다. 그리고 드디어 대회 날이 밝았다. 내가 뛰는 10km 코스는 1시간 30분 이내에 결승선에 도착해야 완주로 인정된다. 연습 기록을 바탕으로 목표를 1시간 10분 내 완주로 정하고

10km 코스에 참가 한 3,000명에 달하는 사람들과 함께 달리기 시작했다. 많은 사람과 함께 뛰어서인지 혼자 뛸 때보다 훨씬 기운이 넘쳤다. 반환점을 돌아 7km 지점까지 한 번도 걷지 않고 달렸다. 그렇게 오래 쉬지 않고 달린 것은 처음이었다.

7km를 넘어서자 고비가 찾아왔다. 도저히 더는 뛰지 못할 것 같았다. 너무 힘들었다. 뛰는 것을 멈추고 걷기 시작했다. 한 번 걷기 시작했더니 다시 뛰기가 쉽지 않았다. 그렇게 남은 3km는 뛰다 걷다를 반복했고 짧은 순간이지만 멈추고 싶다는 생각을 수없이 했다. '조금만 더!'를 마음속으로 계속 되뇌며, 처음보다 속도는 많이 떨어졌지만 걷든 뛰든 어쨌든 결승선을 향해 나아갔다. 그리고 1시간 20초 만에 결승선에 들어왔다. 함께 했던 친구들도 모두 좋은 기록으로 완주에 성공했다.

5분도 뛰지 않던 내가 1시간을 넘게 달려 10km를 완주하기까지, 포기하고 싶은 순간들이 매우 많았다. 연습 과정도 몹시 힘들었고, 실제로 대회에 참가해 달리는 순간 또한 너무 힘들었다. 정말 그만두고 싶었다. 그럴 때마다 올해 처음 도전하는 목표를 꼭 이루고 싶다는 열망으로 잘은 아닐지라도 어쨌든 '지속했다.'

『그릿』이라는 책이 한때 엄청난 인기를 얻었고, 현재까지도 인생 책으로 『그릿』을 꼽는 사람들이 많다. 『그릿』은 저자이자 심리학자인 앤젤라 더크워스가 개념화한 용어로, 성공을 위한 꾸준한 열정과 끈기를 뜻한다. 저자는 성공하는 사람들은 재능의 여부를 떠나 꾸준히 하는 힘, 즉 '그릿'이 있다고 이야기한다. 책의 내용에 따르면 미국의 육군사관학교는 매년 14,000명이 지원을 하는데, 필수 추천서를 받는데 성공하는 사람은 4,000명에 불과하다. 여기서 다시 체력, 학업 능력 등의 평가를 받고 2년에 걸친 여러 입학 절차를 받으며 최종적으로 입학에 성공하는 인원은 1,200명이다. 그런데 고된 2년의 세월을 이겨내고 엄청난 경쟁률을 뚫고 올라 온 이들 중 20%는 중도에 포기하고 자퇴한다고 한다. 체력도 능력도 모두 우수한 이들이 왜 포기를 하게 될까? 이들의 완료 여부를 '그릿'으로 측정할 수 있었다. 끝까지 남아 성과를 거두는 사람들은 쓰러져도 포기하지 않는 힘인 '그릿'의 점수가 높았다. 영업 성과를 이루는 사람들, 뛰어난 운동선수, 성공한 사업가 등 우리 사회에서 성과를 거둬내는 많은 사람 또한 '그릿'이 높은 것으로 나타났다.

누구나 처음엔 열정을 보인다. 일도, 취미도, 새로운 모임도, 연애도. 하지만 일정 시간이 지나면 지루하고 힘든 시기, 즉 고비가 다가온다. 여기서 내 목표를 다시 한번 떠올리고 꾸준히 지속했을 때야말로 원하는 성과를 얻을 수 있다. 물론 매우 힘든 일이다. 그렇기 때문에 시작하는 사람은 많아도 성과를 거두는 사람은 많지 않다. 그래도 희망적인 것은 재능이 성과의 최대 조건이 아니라는 것이다. 꾸준히 시간을 들여 노력하는 힘을 키운다면 내가 원하는 바를 이룰 수 있다. 타고난 재능은 내가 어찌할 수 없지만 노력은 내 힘으로 어떻게 해 볼 수 있는 문제 아닌가?

누군가에겐 고작 10km일 수 있으나, 나에게 10km는 너무 큰 산이었다. 포기하고 싶은 수많은 순간에 그만두지 않고 나만의 페이스로 조금씩 조절하며 계속했기 때문에 목표를 이룰 수 있었다. 연초에 야심 차게 시작했다가 지금은 시들해진 무언가가 다들 하나쯤은 있을 것이다. 잠깐 주춤했지만, 실패한 것은 아니다. 지금부터라도 다시 속도를 조절하여 꾸준히 해나간다면, 분명 목표에 도달할 수 있을 것이다.

'지속하는 힘'이 성패를 좌우한다.

07
언어를 어떻게 쓰느냐가
인생을 좌우한다

"불완전하고 부적합한 언어로부터 정신에 대한 놀라운 장애가 생긴다."

베이컨

한 방송국 다큐 프로그램에서 언어에 관한 흥미로운 실험을 했다. 특정 언어에 대한 노출이 걸음걸이의 속도에 영향을 미치는지에 대해 알아보는 실험이었다. 과정을 제하고 결과만 얘기해 보겠다. 우선 '늙음'과 관련된 단어에 많이 노출된 대상자들은 같은 거리를 이동할 때 실험 전과 후 걸음걸이가 2초 32가 느려진 반면 '젊음'과 관련된 단어에 노출된 대상자들은 무려 2초 46 정도의 시간을 단축했다. 이 실험은 언어가 행동에 미치는 영향력에 대해 알아보는 것으로 다른 국가에서도 유사한 실험을 진행했고 결과 또한 동일했다.

또 다른 다큐멘터리에서도 유사한 실험이 있었다. 실험에 참여한 아이들을 두 그룹으로 나누고 한 그룹에게는 '무례함', '공격적', '침입'과 같이 부정적이고 공격적인 카드를 보여주며 문장 완성을 하도록 요청했고, 다른 그룹에게는 '공손함', '예의 바른', '양보'와 같이 긍정적이고 친절함이 깃든 단어 카드를 보여주고 동일한 실험을 진행했다. 대상자들에게 완성이 끝나면 다른 장소로 이동하여 다른 미션을 받아오도록 부탁했고 이때 숨어 있던 아이가 일부러 이동 중인 아이들에게 몸을 부딪히게 했다. 이때 각 그룹 아이들의 반응은 극명하게 달랐다. 친절 카드 그룹은 4명 중 3명이 화를 내지 않고 유연하게 상황을 넘긴 반면 공격 카드 그룹은 4명 중 3명이 매우 불쾌한 심기를 드러냈다. 사람이 어떤 언어에 노출되는지에 따라 무의식에 영향을 받고 행동이 달라짐을 극명하게 보여주는 실험이었다.

무심결에 주고받는 언어가 감정과 행동에 큰 영향력을 행사한다는 것은 이미 여러 연구를 통해 밝혀졌고 나 또한 실제로 그런 장면을 종종 목격한다. 우연히 보게 된 방송 콘텐츠에서도 그런 장면을 목격할 수 있었다. 음악평론가 임진모 씨와 개그맨 김구라 씨가 음악 카페에 앉아 대화를 나누는 내용이었다. 음악에 대한 밀도 있는 대화를 나누던 중 김구라 씨가 쥐고 있던 대본 종이가 카페에 놓인 촛불에 닿아 작은 불이 붙었다. 두 사람은 이야기에 몰두하느라 뒤늦게 불이 붙은 종이를 발견했고 일순 당황했지만 입김으로 꺼질 정도의 불이라 불길은 금방 진정되었다.

이 상황을 보며 임진모 씨는 불안한 표정으로 "이건 뭐죠? 안 좋은 징조인가?"라고 말했고 이에 김구라 씨는 "무슨 징조까지 가요. 그냥 해프닝이지."라고 웃으며 핀잔을 건넸다. 임진모 씨 입장에선 콘텐츠의 재미를 더하기 위해 일부러 과장된 표현을 쓴 것이겠지만 똑같은 상황을 두고 누군가는 '불길한 징조'란 언어를 사용하고 다른 이는 '해프닝'이라 단어를 구사하는 것이 재미있었다. '징조'와 '해프닝'이라는 단어의 간극은 경중으로 따지면 엄청난 차이가 있다. 불길한 징조는 불안이라는 정서를 불러일으키지만 해프닝이란 언어는 우리의 정서에 별반 타격감을 주지 못한다. 어떠한 언어를 습관적으로 쓴다는 것은 그러한 감정을 더욱 부추기게 되어 행동 또한 그러한 감정에 더욱 지배되도록 만든다. 바꿔 말하면 언어를 바꾸는 것만으로도 생각하는 방식과 느끼는 방식을 변화시켜 삶의 방식까지도 변화시킬 수 있다.

그렇다면 어떤 언어가 우리의 삶에 좋은 영향을 줄 수 있을까? 일단 내가 무슨 언어를 자주 사용하고 있는지 파악해야 한다. 언어의 흐름을 읽기 위해선 요즘 내 사고의 흐름을 살펴야 한다. 종이 한 장을 펼치고 요즘 내 고민을 적어본다. 그리고 그에 따른 내 감정을 있는 그대로 적어본다. 내가 자주 사용하는 언어는 그 지점에서 발견된다. 되도록이면 적은 고민에 대해 해결의 내용을 적지 말고 그저 감정의 흐름을 존중하고 따라가 보는 것이 중요하다.

예를 들어 '나는 직장에서 내가 직접 주도성을 가지고 일하고 싶어.', '나는 그 사람이 너무 싫어.'와 같이 그냥 있는 대로 적으면 된다. 대신 마지막에는 나를 더 행복하게 만들어 주는 자비의 언어를 사용해 마무리를 지어주면 된다. 예를 들어 '이 고민 때문에 신경을 너무 곤두세웠으니까 시원한 맥주 한잔 마시고 꿀잠 자야지.'와 같이 말이다.

예전에 나는 가끔 강의를 망치거나 실수를 하면 방이나 차 안에서 자신에게 심한 욕을 퍼부었다. 그러다 타인에게 연락이 오면 다시 아무 일도 없었다는 듯 친절한 언어로 대화를 나누었다.

타인에게는 입에 담을 엄두도 못 낼 폭언을 자신에게는 너무나 태연하게 내뱉는 이중성에 순간 소름이 돋았다. '죄 없는 내 마음이 왜 이런 말을 들어야 하지?' 의구심과 측은지심이 동시에 밀려왔다. 그 후로 나는 '적어도 남을 대하는 만큼만이라도 나를 대해주자.'라며 좋은 말을 해주기 시작했다. 자신을 향한 자비로움과 친절함을 의식하며 살아가면 조금씩 부정적인 언어의 빈도가 줄며 행동과 일의 결과 또한 반드시 좋아질 것이다.

언어를 바꾸어 마음을 치유하는 체크리스트

1. 내가 자주 쓰는 과장되거나 부정적인 언어 습관은 무엇이 있는가? ☐

_____

_____

_____

2. 그 언어의 규모를 축소하거나 긍정적으로 바꿔본다면? ☐

_____

_____

_____

3. 앞으로 나에게 자주 사용하고 싶은 기분을 좋게 만드는 언어는 무엇이 있

을까? ☐

_____

_____

_____

08
다짐 중독 벗어나기

"고난이 있을 때마다 그것이 참된 인간이 되어 가는 과정임을 기억해야
한다."

요한 볼프강 폰 괴테

인터넷을 둘러보다 흥미로운 단어를 마주했다. '다짐 중독'이라니,
너무나도 내 얘기 같아서 웃지 않을 수 없었다. 그리고 약간의 안도감
도 들었다. '나만 그런 건 아니구나. 나 같은 사람이 많구나.' 누구나
현재보다 더 나은 내가 되고 싶고, 더 나은 삶을 살길 바란다. 그래서
그렇게 되기 위해 숱한 '다짐'들을 한다. 그런데 그 다짐들은 지켜내기
가 참 힘들다.

익숙한 것에서 변화를 시도하면 저항을 마주한다. 우리의 몸은 항상
성의 원리에 따라 익숙한 최적의 상태를 유지하고자 한다. 몸에 익은

편안한 습관에서 벗어나 변화를 이뤄내는 과정에는 '고통'이 수반된다. 많은 사람이 다짐을 하고 또 하는 이유는 실천에 수반되는 고통을 이겨내지 못했기 때문이다.

운동, 공부, 금주, 금연, 독서, 절약 등 사람들이 '더 나은 나'를 위해 하는 다짐의 내용들은 사실 재미와 거리가 멀다. 아마 기존에 가지고 있던 버리기로 다짐했던 생활 습관들이 훨씬 더 재미있고 자극적일 것이다. 재미있는 것을 그만두고 재미없는 것을 해야 한다니, 잘될 리가 없다. 다짐이 쉽게 깨지는 것은 자연스럽다.

그럼에도 불구하고, 계속해서 깨지는 다짐을 중독된 듯 반복한다는 것은 내가 그 변화를 그만큼 원하고 있다는 것이다.

쾌락을 추구할 것인가, 의미를 추구할 것인가.

내가 원하는 나의 모습으로 살아보기 위해, 나의 목표를 이루기 위해, 벗어나고 싶은 나쁜 습관을 버리기 위해서는 어느 정도의 고통을 감내해야 한다. 목표가 나에게 의미 있는 일이라면 수반되는 고통을 이겨 낼 가치가 있다. 일반적으로 쾌락 추구의 활동은 쉽고, 의미 추구의 활동은 어렵다. 그런데 그 후에 느껴지는 기분은 어떤가? 먹고 싶은 음식을 마음껏 먹고, 즐기고 싶은 게임을 잔뜩 즐기는 순간은 즐겁지만 그것들이 지나가고 나면 '조금 자제할걸.' 하는 후회가 남는다. 반면 하기 힘든 운동, 공부, 절제는 하는 동안엔 너무 힘들지만 지나고 나면 대견함과 뿌듯함이 찾아온다.

"어제와 똑같이 살면서 다른 미래를 기대하는 것은 정신병 초기 증세다."

알버트 아인슈타인

내가 원하는 모습은 쉽게 이룰 수 없다. 성장을 동반하는 다짐의 실행 과정은 고통스럽다. 그리고 그것을 이겨내면 나는 그만큼 내가 원하는 모습과 가까워진다. 고통이 다가오는 순간, 이 순간을 이겨낸 후의 자랑스러운 내 모습을 떠올리며 되뇌어보자.

"이 고통을 넘어섰을 때, 더 나은 내가 될 수 있다."

그리고 열심히 해낸 나에게 보상하자. 다짐을 이루기 위해 계속 견뎌내야만 한다면 이번에도 역시 그 다짐은 오래가지 못할 것이다. 고통을 참아내고 가치 있는 것을 해낸 나를 위한 보상이 함께 주어졌을 때 실천의 빈도가 높아진다.

평일에 열심히 식단과 운동을 병행하고 주말 중 하루는 먹고 싶었던

음식을 즐긴다.

아침 10분 스마트폰 대신 책을 선택한 나를 위해 '잘 해낸 모습이 너무 자랑스럽다.'고 거울을 보며 스스로를 칭찬한다.

한 달 금주에 성공한 나에게 내가 좋아하는 (   )을 선물한다.

다짐 중독을 끊어내고 싶은가? 실천을 위한 설계를 먼저 해보자. 수용해야 할 고통을 예상하고, 잘 해낼 나를 위한 보상을 계획하자.

다짐 중독을 벗어나기 위한 체크리스트

1. 내가 반복하고 있는 다짐은? ☐

_____

_____

2. 다짐을 이루기 위해 내가 포기해야 하는 즐거움은? ☐

_____

_____

3. 다짐 실행에 예상되는 고통은? ☐

_____

_____

4. 고통을 감내했을 때 나에게 줄 수 있는 보상은? ☐

_____

_____

'바람'보다 '바라봄'이
가져오는 행복

"열심히 일하고 기대는 낮춰라."

비노드 코슬라

　카페에서 흥미로운 장면을 목격했다. 먼발치의 한 남자 꼬마가 어디론가 향해 열심히 뛰다 신발이 미끄러웠는지 카페 바닥에 철퍼덕 넘어졌다. 아이는 엎드린 채 고개를 들고 부모를 찾는 듯 고개를 두어 번 두리번거렸다. 하지만 부모의 모습이 감지되지 않자 이내 아무 일도 없다는 듯 그대로 일어나 씩씩하게 다시 가던 길을 질주했다. 도착점을 찍은 꼬마는 또 한 번 출발점으로 뛰기 시작했고 가속을 이기지 못한 꼬마는 짠 것처럼 이번에도 어김없이 철퍼덕 넘어져 버렸다. 이번엔 마침 나타난 엄마가 넘어진 아이의 모습을 보고 한달음에 달려와 아이를 달래며 안아주었다. 아이는 엄마를 보자마자 기다렸다는 듯 그간 누적된 눈물을 터뜨렸다. "많이 아팠지?", "오우, 이런.", "얼마나 아파요." 하며 어르고 달래는 엄마의 포근한 음성에 아이는 이내 울음이 잦아들며 서서히 본연의 맑은 미소를 찾아갔다.

아이의 마음이 진정될 수 있었던 건 엄마가 온전히 아이의 감정을 있는 그대로 바라보고 읽어주었기 때문이다. 만약이라도 "넌 어쩜 칠칠치 못하게 항상 넘어지니?", "옷 다 더러워지잖아. 울지 말고 후딱 일어나! 다른 애들은 안 그런데 너는 왜 그 모양이니?"와 같이 바람이 담긴 언어였다면 결과는 달라졌을 것이다.

'바라본다'란 말에는 두 가지 뜻이 있다.
첫 번째는 '무언가를 주의 깊게 보거나 바라보는 행위'이다. 두 번째는 '무엇에 기대를 가지다.'란 뜻이다. 심리학자 칼 로저스는 사람들에겐 큰 잠재력이 있으며 그 발전은 자신과 주변 사람들의 기대에 따른 평가가 아닌 있는 그대로의 모습을 바라봐주는 것에 달려 있다고 말했다. 카페에서 넘어진 아이처럼 어른 또한 삶의 굴곡을 만나면 균형을 잃고 넘어지며 때론 누적된 고통 때문에 울고 싶을 때도 있다. 어른이 되어갈수록 심리상담이 필요한 이유는 이런 자신의 행동에 대한 따스한 시선과 수용이 상담 안에 중요한 축을 차지하고 있어서 내담자에게 무엇을 바라기보다는 어려움을 같은 눈높이로 바라봐주고 스스로 평가할 수 있는 힘을 건네주기 때문이다.

바람이 아닌 '바라봄'의 시선은 꼭 상담자를 통해서만 채울 수 있는 것이 아니다. 스스로를 바라보는 시선처리 습관을 교정하는 것만으로도 큰 효과를 거둘 수 있다. 스스로에게 기대하는 모습이 무엇인지 '바라보고' 그 기대를 가져야 할 만큼 치열하게 살아온 자신과 그 기대를 충족하기 위해 고생한 자신 또한 따스하게 '바라보아야' 한다. 이제는 무언가를 자꾸 기대하는 '바람'의 바람을 빼 주고 그저 현재의 나의 모습을 가만히 품어주고 지지해 주는 '바라봄'의 바람을 쐬어줄 수 있는 여유를 가져보자.

＊한 곡 추천:
나는 가끔씩 바람의 바람을 빼고 싶을 때 이 노래를 듣는다.

추천곡 이한철 – **흘러간다**

완벽하지 않아도 괜찮습니다

"당신이 만족스러운 마음을 가질 수 있다면 인생을 충분히 행복하게 할
수 있다."

티투스 마키우스 플라우투스

　현재 시간은 밤 9시 22분이다. 아침 운동을 다녀와서 간단하게 밥을
먹고 내일 오전 강의가 있는 지역으로 약 330km를 운전해서 왔다. 출
발할 때는 날씨가 무척 좋아 설레는 마음이었는데, 중간 정도 왔을 무
렵부터 비가 내리기 시작했다. 당연한 이야기지만 비 내리는 고속도
로는 위험하다. 잔뜩 긴장한 채로 장거리 운전을 했고, 이곳에 도착하
자마자 허겁지겁 밥을 먹었다. 7시가 되어서야 호텔에 도착했는데 처
리해야 할 일들이 많았고, 하나씩 해치웠으나 여전히 남아 있다. 사실
지금 쓰는 이 글도 일종의 해야 할 일에 해당한다. 오늘 하루를 상세
히 적어 내린 이유는 오늘 좀 버거웠다고 이야기하기 위해서다. 밤은
깊어져 가고, 빗길 운전으로 몸은 피로하고, 일은 남아 있고, 내일 아

침은 6시에 일어나야 한다.

　그런데 이 와중에 '이 호텔, 방이 참 따뜻하다.' 오늘의 다소 벅찬 일과에 매몰되어 있다가 방의 온기를 느끼는 순간, 옅은 미소가 지어지며 나의 오늘이 약간 환해지는 것 같은 기분이 들었다. '따뜻한 밤을 보낼 수 있어서 다행이다.' 마음에 여유가 조금 생긴 김에 잠시 시간을 내어 오늘 나름 괜찮았던 일들을 떠올려봤다. 아침에 계획대로 헬스장에 갔고, 잠깐이나마 좋은 날씨에 마음이 들떴었고, 운전하며 재생한 90년대 노래에 신이 나 열창했고, 저녁으로 먹은 국밥이 참 맛있었다. 힘든 하루에도 긍정적인 순간은 분명히 있다. 잠깐이나마 웃는 순간, 마음이 따뜻해지는 순간이 있다.

　완벽한 하루는 없다. 좋은 순간도 있고, 나쁜 순간도 있다. 혹시 오늘 하루가 버겁기만 했다면 지금이라도 미처 발견하지 못한 오늘의 좋은 순간을 발견해 보자.

　긍정적인 순간의 발견을 위해 보통 감사 일기를 많이 권한다. 감사 일기가 좋다는 말은 꽤 오래전부터 여러 번 들어왔지만, 실천해 본 사람은 아마 많지 않을 것이다. '감사'라는 단어 자체가 약간 거부감을 주는 것은 아닐까? 감사까지 할 일이 많이 있을까 싶고 조금 거창한 느낌을 준다. 게다가 '일기'라니, 학창 시절 늘 밀려 개학 가까이에 몰아서 썼던 방학 숙제가 떠올라 멀리하고 싶어진다.

그냥 '오늘 하루 괜찮았던 순간 3가지 찾기' 정도면 어떨까? 실제로 내가 상담 시 내담자들과 많이 진행하는 활동이다. 잠들기 전, 오늘 내가 잘한 일이나 이만하면 괜찮았다고 생각되는 순간들을 떠올리는 것이다. 미소가 지어졌던 순간, 재밌었던 순간 등 부정이 아닌 그럭저럭 괜찮은 순간들을 3가지씩만 발견해 본다. 많은 내담자가 긍정을 발견하는 것을 처음에는 어려워한다. 사람의 생각도 물길처럼, 익숙한 길로 통하기 때문에 긍정의 물길이 막혀 있다면 처음엔 좀처럼 길을 내기가 어렵다. '별로 좋은 일이 없었는데?'라는 생각이 더욱 익숙하다. 그렇지만 반복적으로 좋은 순간 찾기를 시도하다 보면 어느새 길이 열리는 것을 느낄 수 있을 것이다.

나의 오늘을 돌아보자. 혹시 나처럼 늦은 밤 힘든 오늘에 지쳐있다면, 오늘 그냥저냥 좋았던 순간들을 한번 떠올려보자. 거듭 이야기하지만, 잠시일지라도 좋은 순간은 분명히 있다.

내가 내 삶의 긍정적인 부분을 잘 발견해 주는 것은 중요하다. 오늘 좋은 면이 있어야 내일도 희망적이지 않은가? 오늘 밤, 하루를 어떻게

인식하느냐에 따라 내일을 사는 나의 에너지가 달라질 수 있다. 오늘
이 그럭저럭 괜찮았으면, 내일도 그럭저럭 괜찮을 것이다. 힘찬 내일
을 위해서 오늘의 좋은 순간들을 발견해 보자.

오늘을 의미 있게 마무리하기 위한 체크리스트

1. 오늘 내가 잘한 일은? ☐

_____

_____

_____

2. 오늘 내가 웃었던 순간은? ☐

_____

_____

_____

3. '이만하면 나쁘지 않았다!' 그럭저럭 괜찮았던 순간은? ☐

_____

_____

_____

5단계

함께 살아가기

여전히 어려운
관계 가다듬기

01
가장 소중하고 가치 있는 관계

"만약 우리가 불멸한다면 우리는 영원히 행동을 지속할 수 있다.
그러나 우리가 유한하기 때문에 우리가 지금 하는 것들은 특별한 의미
를 갖는다."

빅터 프랭클

　얼마 전 휴대전화로 동영상 강의를 촬영할 일이 있었다. 20분 정도
분량의 영상을 저장하기 위해서는 이미 꽉 찬 휴대전화 용량을 먼저
정리해야 했다. 사용하지 않는 앱들을 먼저 지우고 용량의 대부분을
차지하고 있는 사진첩을 열어보니 지난 몇 년간의 삶이 나열되어 있
었다. 친구들과의 즐거운 시간, 좋아하는 사람들과 함께 먹은 각종 음
식, 간직하고 싶던 예쁜 경관, 여행지에서의 소중한 추억, 인상 깊게
읽은 글귀들…. 만 오천 개가 넘는 사진들을 하나씩 보며 삭제할 사진
들을 선택했다. 음식 사진과 풍경 사진을 가장 먼저 지우고, 추억이

담긴 여행 사진들도 한 장씩만 남겨두고 지워 나갔다. 몇천 개의 사진을 삭제하면서 단 한 장도 지우지 못한 사진들이 있다. 바로 부모님의 모습이 담긴 사진들이다. 눈을 감고 있는 사진, 고속연사로 찍어 차이를 알아볼 수 없이 비슷한 사진, 사진에 담긴 모두가 엉망이라 어디 보여주기도 민망한 사진들조차 어느 한 장 쉽사리 지워지지 않았다. 사진을 마주한 순간 그냥 마음이 먹먹해졌다. 감사하게도 현재 우리 부모님은 두 분 모두 건강하시다. 그럼에도 언젠가는 이별을 맞이하게 될 것이고, 그 후 이 사진들의 존재가 얼마나 소중할지 본능적으로 짐작이 되었다.

우리의 삶은 유한하고 언젠가는 모두 죽음을 맞이한다.

인간의 실존에 대해 탐구하는 실존주의(existentialism) 철학에서는 죽음, 자유, 고독, 무의미와 같은 인간에게 주어진 실존적인 조건을 직면함으로써 스스로 삶을 적극적으로 선택하고 삶의 의미를 발견할 수 있다고 하였다. 죽음에 대한 불안은 누구나 겪게 된다. 우리는 모두 어느 정도의 시절을 함께 보낸 후 이별을 하게 된다. 사무치게 슬픈 동시에 피할 수 없는 사실이다. 그런데 우리의 삶이 무한하다면 그 삶이 소중하게 느껴질까? 저 너머에 죽음이 있기 때문에 지금 여기에서 느끼는 모든 것들이 더 가치 있다.

한 살 한 살 나이가 들면서 부모님에 대한 마음이 더욱 애틋해지고 부모님의 존재가 소중해진다. 녹록지 않은 삶을 마주하면서, 이 삶을 먼저 살아내신 부모님에 대한 존경심과 감사한 마음이 나날이 늘어가기 때문이다. 그리고 더 큰 이유는, 아마 언젠가 다가올 이별을 알고 있고 그 시기가 점점 가까워지고 있다는 사실을 인지하고 있기 때문일 것이다.

그럼에도 불구하고 여전히 사소한 문제들로 부모님과 투덕거리는 일상을 보내고 있다. 함께 살고 있기 때문에 더욱 자주 부딪힌다. "음식이 맵다, 짜다.", "그런 걸 뭐 하러 사냐.", "내가 알아서 한다." … 나열하자면 끝도 없다. 하지만 이별을 생각하면 지금 느끼는 서운함, 분노, 슬픔은 무색해진다. 함께하는 시간이 너무도 값지고 소중해진다. 역설적이지만 이별을 인식하는 순간 관계를 더욱 소중하게 가꾸고 싶어진다.

우리의 삶은 100년이 채 되지 않으며 소중한 사람들과 함께할 수 있는 시간은 그보다 더욱 짧다. 사소한 것에 사로잡히지 말자. 작은 것에 분노하며 유한한 시간과 에너지를 소비하지 말자. 우리에게 허락된 찬란한 한 시절을 즐겁게 가꿔보자. 후회가 덜 남을 수 있도록.

소중한 관계를 더욱 빛내기 위한 체크리스트

1. 나에게 소중한 사람들은 누구인가? ☐

_____

_____

2. 지금 떠오른 그 사람들과 요즘 관계는 어떠한가? ☐

_____

_____

3. 문제가 있다면, 무엇 때문인가? ☐

_____

_____

4. 문제를 해결하기 위해 내가 할 수 있는 것은? ☐

_____

_____

5. 우리에게 남은 시간이 1년이라면, 무엇을 함께 하고 싶은가? ☐

_____

_____

02

내가 옳다면, 너도 옳다

"사랑이란 자신과 다른 방식으로 느끼며 다르게 살아가는 사람을 이해하고 기뻐하는 것이다. 자신과 닮은 사람을 사랑하는 것이 아니라 자신과는 대립하여 살고 있는 사람에게 기쁨의 다리를 건네는 것이 사랑이다. 차이를 부정하는 것이 아니라 그 차이를 사랑하는 것이다."

프리드리히 니체

대부분의 부모님은 자녀들에게 몸에 좋은 음식을 먹이고 싶어 하실 것이다. 우리 엄마도 물론이다. 엄마가 정성스레 해주시는 음식을 보통은 감사한 마음으로 맛있게 먹지만, 먹기 힘든 음식들도 간혹 있다. 나는 깔깔한 식감을 별로 선호하지 않는다. 특히 밥에 거친 무언가가 들어 있으면 먹기가 정말 곤란하다. 어느 날 잡곡이 잔뜩 든 밥공기를 마주하고 뭐가 들은 건지 물었더니, 엄마의 단골 멘트가 되돌아왔다. "맛있어! 몸에 좋은 거야! 일단 먹어봐!" 나중에야 특히 나를 어찌할 바 모르게 만든 주범이 해바라기씨였음을 알게 되었다. 미안한 마음으로 어렵게 해바라기씨가 들어간 밥에 대한 보이콧을 선언한 후 다행히 더 이상 우리 집 식탁에서 마주하는 일은 없게 되었다.

사람들은 보통 내가 좋아하는 것을 상대도 좋아할 것이라고 믿는다. 다른 사람들도 내가 생각하는 것처럼 생각할 것이라는 이런 믿음을 '허위 합의 효과(false-consensus effect)'라고 한다. 아끼고 사랑하는 사람을 위해 나에게 좋았던 경험을 나눠주려고 시도했다가 기대와 다른 시큰둥한 반응에 서운했던 적이 한 번쯤 있지 않은가?

최근 나는 심한 감기에 걸린 가까운 지인에게 괜찮은지, 좀 나아졌는지, 약은 먹었는지, 밥은 먹었는지 등을 물어보다 전혀 예상치 못한 답변을 받았다. "마음은 고마운데, 나 이렇게 걱정해 주는 것 별로 안 좋아해." 세상에나! 머리가 띵했다. 순간 서운한 마음이 들었으나, 이내 약간 미안해졌다. 너무 내 입장에서 내 스타일로 다가갔다는 생각이 들었다. 나는 내가 아플 때 가까운 누군가가 나에게 갖는 관심을 고맙게 느끼고, 그런 식의 상호작용이 좋다. 그렇다고 해서 상대방도 꼭 그럴까? 물론 비슷하게 마음은 고마울 테지만 컨디션이 너무 좋지 않아 핸드폰을 보기 힘들고, 말로 전하는 관심과 위로가 별로 와닿지 않는 사람들도 많을 것이다. 내가 연락한다고 해서 상대의 증상이 완화되는 것은 사실적으로 아니지 않은가? 그 사람의 입장에서는 불편한 상황을 받아들이고 침묵하거나 혹은 상대방이 서운해할 것을 감안하며 그만해달라고 말해야 하는 곤란한 상황이 벌어지는 것이다. 가족의 건강을 신경 쓰며 열심히 음식을 준비한 엄마에게 매우 미안하고 불편한 마음으로 해바라기씨 밥을 보이콧 선언한 나의 상황처럼.

"나였으면 이렇게 했을 텐데, 너는 왜 그렇지 않아?"라는 주장에는 '내 반응과 같지 않은 너의 반응은 잘못되었어.', '내 반응이 옳아.', '내 반응이 일반적이야.' 등의 생각이 전제되는 경우가 많다. 많은 관계 갈등이 이러한 문제 때문에 발생한다. 나와 같은 생각과 반응을 상대방이 보이지 않는 것이 순간적으로 서운할 수 있다. 그렇지만 상대는 내가 아니다. 다른 생각을 할 수도 있고 어쩌면 그게 당연하다. 생각의 다양성을 인정하지 않고 잘못된 것으로 치부하거나, 내 기대와 다른 반응에 서운함을 넘어 분노로 표현하게 되면 관계가 좋아질 리 없다.

내가 좋아하는 음식을, 상대방은 싫어할 수도 있다.
내가 즐기는 영화나 드라마 장르가 상대방에게는 전혀 와닿지 않을 수도 있다.
MBTI의 F형은 공감이 먼저 발동하고, T형은 해결이 먼저 발동한다.

'나처럼, 너도!'라는 자기중심적 사고는 우리의 관계를 훼손한다. 나와 다른 모습에 서운하고 당황스러운 순간을 마주했을 때, 내 방식을 고집하기보다 제법 놀랍고 신비로운 상대의 반응에 관심을 기울여보는 것은 어떨까?

내가 옳다면, 너도 옳다!

03
내가 날 버리지 않는 한
아무도 날 버리지 않는다

"내가 상처 받지 않기로 마음먹은 이상은 어느 누구도 내게 상처를 입힐 수 없다."

마하트마 간디

"당신이 가장 두려워하는 대상이 당신에게 가장 중요한 대상입니다." 대학원 재학 시절 주임 교수님께서 첫 수업 때 건넨 이 한마디는 당시 많은 생각거리를 안겨주었다. 나에게 중요한 대상은 그저 막연히 '가족'이라고 생각했던 나는 이 명제에 대해 다소 혼란스러웠다. 가족이 나에게 중요한 대상은 맞지만 두려움의 대상은 아니었기 때문이다. 이런 나의 생각을 읽기라도 했는지 교수님은 이어서 "그 대상이 여러분의 삶에서 사라진다고 생각해 보세요."라고 덧붙였다. 그러자 강하게 체감이 되었다. 가족이 내 삶에서 부재한 상상을 하니 갑자기 두려움으로 가득 찼다.

우리는 살면서 여러 두려움을 직면한다. 이 두려움은 인생의 주기마다 다른 형태와 크기로 다가오고 얼마간 머무르다 대개는 서서히 사라진다. 대상관계이론이라는 심리학 이론 안에서 인간이 가지는 대표적인 두려움은 '버려짐의 두려움'이라고 칭했다. '버려짐의 두려움'이란, 말 그대로 내가 중요하게 생각하는 대상으로부터 버려질까 봐 두려워하는 것이다. 이 두려움은 태어날 때부터 지니고 태어나 삶의 여정 속에서 더욱 강화되거나 줄어들기도 한다.

아이가 태어나면 세상의 전부와 같은 부모를 만난다. 대개 부모는 아이를 지극정성으로 꾸준히 아끼고 사랑해 주고 보호해 준다. 생애 초기의 아이는 이런 일관된 부모와 깊은 상호작용을 통해 유능감과 전능감을 느끼며 유대적이고 의존적인 관계 형성을 한다. 그렇기에 이 아이에게 부모로부터 버려진다는 것은 상상도 할 수 없는 것이다. 원래 한 몸이었던 존재였기에 마땅히 내 곁에 있어야 하는 당위적 존재가 바로 부모인 것이다.

하지만 어느 날, 조금씩 말을 알아듣게 된 아이에게 엄마는 충격적인 말을 건넨다. "너 이렇게 자꾸 엄마 말 안 들으면 버리고 도망가 버린다." 이 말을 들은 아이의 반응은 어떨까? 설마 "오, 좋아요. 드디어 제가 독립하는군요. 이 순간을 기다렸어요."라고 말하지 않을 것이다.

상상도 해본 적 없는 현실에 충격과 공포를 느끼며 아마 목놓아 울거나 더 이상 큰 소리를 냈다가는 진짜 버려질지도 모르기 때문에 눈물을 뚝 그치게 될 것이다.

생애 최초로 각인된 '버려짐'에 대한 두려움….

하지만 대개의 부모님이 건네는 '버려짐 협박'은 임시방편에 불과한 텅 빈 메시지다. 이내 일관되고 꾸준한 사랑으로 아이가 느꼈던 일시적인 공포와 불안을 상쇄시킨다.

삶이 진행됨에 따라 중요한 대상은 추가되거나 바뀐다. 그리고 그 대상은 잊고 있던 버려짐에 대한 두려움을 다시금 상기시킨다. 청소년기에는 '친구'가 그 대상이 된다. 어느덧 삶에서 큰 지분을 차지하게 된 친구가 건네는 눈치와 말 한마디에 우리의 감정이 요동친다. 아직도 나에게 기억에 남는 사건이 하나 있다. 중학교 시절, 친한 친구 4명이 있었다. 같은 반이었고 심지어는 같은 학원을 다녔다. 붙어 있으면 마냥 즐거운 시간들이 연속됐다. 그러던 어느 날, 개인 사정으로 함께 다니던 학원에서 나 혼자 이탈하게 되었다. 그 순간부터 내 마음속에는 이 친구들로부터 소외될까 봐, 버려질까 봐 두려워하는 마음이 커지기 시작했다.

'내 빈자리를 다른 친구가 차지하면 어떡하지?', '내가 없는 사이에

그들만의 언어와 놀이가 생겨나 내 존재가 희미해지면 어떻게 하지?'
와 같은 생각들이 날 두렵게 만들었다. 이 두려움을 강하게 의식한 순
간부터 내 모습은 부자연스러워졌다. 내 의사를 분명히 표현하지 못
하고 친구들의 눈치를 살피게 된 것이다.

　하루는 인적이 드문 골목길을 다 같이 걷고 있을 때였다. 한 친구가
주변을 두리번거리며 가방에서 끝이 묶인 까만 비닐봉지를 꺼내더니
이런 제안을 했다. "이 안에 지금 살아 있는 도마뱀 두 마리가 있는데
칼로 꼬리를 잘라보는 거 어때? 에일리언처럼 꼬리가 자라는지 한번
보자." 너무 생뚱맞고 잔인한 제안이었다. 이때 내 진심은 "너무 잔인
하고 재미없다. 하지 말자."였다. 하지만 내 입에서 그 말이 쉽사리 떨
어지지 않았다. 오히려 흥미로운 눈빛과 반응을 보이는 친구들의 눈
치를 보며 "재밌겠네. 나도 평소에 진짜 궁금했어. 해보자."란 정반대
의 언어가 나왔다. 그리고 결과는 어떻게 됐을까? 상상에 맡기겠다.

　몇십 년이 흐른 사건이지만 아직도 나에게 강렬한 기억으로 남아 있
다. 중요한 대상의 기대에 부응하기 위해 전혀 나답지 않은 내가 튀어
나와 버린 것이다. 우리는 이렇듯 중요한 대상에게서 떨어지거나 버
려지지 않기 위해 내 생각과 의견을 잃어버리는 경우가 종종 있다.

버려짐에 대한 두려움의 속성은 어떠한 대상에게 버려지지 않기 위해 버려짐을 의식할수록 오히려 그 대상과 멀어지게 만들어 버린다는 것이다. 강사인 내가 매번 기업에서 교육을 진행할 때마다 '이번 교육을 반드시 완벽하게 진행해서 이 기업을 지속적인 고객사로 만들고야 말겠어. 이번 교육을 망쳐서 이 기업으로부터 버려지는 건 상상도 할수 없어.'란 의식을 갖는다면 결과는 어떨까? 버려짐의 두려움은 부담감으로 작용되어 강사도 교육생도 모두 불편해지는 결과가 나올 것이다.

오히려 힘을 빼고 '어찌 됐든 내가 준비한 만큼만 편안하게 해 보자, 여기서 망친다고 강사 인생이 끝나는 것도 아닌데, 뭘.'이란 생각을 가지게 되면 '나다운' 본연의 모습이 자연스럽게 나오면서 더욱 좋은 결과와 이어지게 된다.

당신의 삶에서 현재 가장 두려움을 주는 대상은 무엇인가? 나에게 버려짐의 두려움을 주는 대상은 대부분 지나치게 의식할수록 멀어지는 것들이다.

당신이 마주한 '대상'보다 소중한 '나'에게 먼저 집중하고 그 대상과 가까워지는 첫 번째 발걸음은 앞으로 내딛는 것이 아니라 오히려 한 발짝 물러나 그 대상을 바라보는 내 관점 속에 부자연스러움과 과함이 있지 않은지 살피고 무엇을 더하는 것이 아닌 덜어내는 것에 집중하는 것이다. 이것이 버려짐의 두려움을 극복하고 '나다움'을 찾는 방법이다.

04
내 삶의 주체는 나

"홀로 서라. 누군가 그대의 삶을 더 풍부하게 만들어주기를 바라는 것,
그것은 그대를 더욱 불안한 상태로 몰아넣을 뿐이다."

발타자르 그라시안

직장인들을 대상으로 한 대부분의 조사에서, 직장 내 스트레스 원인
1위는 '인간관계'가 차지한다. 나에게 찾아오는 내담자의 호소 문제도
대부분 관계에 기인한다. 친구들의 고민거리도 다를 바 없으며 물론
나도 마찬가지다. 동료들과의 관계, 가족들과의 관계, 친구 관계, 연
인 관계, 부부 관계 등 우리는 수도 없는 관계 속에 존재한다. 그리고
그런 관계 때문에 울고, 관계 때문에 웃는다.

최근 애인과의 갈등을 겪고 있는 내담자가 있다. 술을 전혀 마시지
않는 내담자와 술자리를 즐기는 애인 사이에는 갈등이 빈번하게 발생

한다. '애인이 술을 마시지 않았으면….' 하는 내담자의 욕구와 술자리를 통해 일과 삶에 대한 스트레스를 해소하고 싶은 애인의 욕구가 충돌한다. 두 사람은 서로 존중받지 못한다고 호소한다. 내담자는 애인의 술 약속을 전해 들으면 하루 종일 일에 집중하기 어렵다고 한다.

아마 많은 연인 혹은 부부가 비슷한 내용의 갈등을 겪고 있을 것이라 생각한다. 이런 경우 서로의 욕구를 존중하고 수용하며, 한 발짝씩 물러나 적정선에서 타협하는 것이 최선의 해결 방법일 것이다. 하지만 그것은 쉬운 일이 아니다. 나와 가장 가까운 대상이 나와 너무나도 많이 다르고, 나의 욕구와 기대를 이해하지 못한다는 것을 수용하는 것은 사실 어려운 일이다. 우리는 삶을 둘러싼 다양한 관계에서 '이렇게 해주었으면.'이라는 기대를 품고 산다. 특히 나에게 중요한 대상일수록 더욱 많은 기대를 하게 된다.

'나의 능력을 조금 더 인정해 주었으면.'
'나에게 좀 더 따뜻하게 말해 주었으면.'
'내 바람대로 행동해 주었으면.'

그리고 이런 기대는 우리를 자주 좌절시킨다. 이때, '나를 좌절시키는 타인의 반응'이 나에게 어떤 영향을 미치는지 살펴봐야 한다.

'어쩜 나한테 그럴 수가 있어?'

'내가 원하는 반응을 해주지 않는다니, 내가 소중하지 않은 거야.'

'내 편이 되어주지 않는다니, 이제 내가 싫은 거야.'

등의 과도한 부정적인 생각에 휩싸여 나의 감정과 나의 하루를 너무 소모하고 있지는 않은가? 상대의 반응이 내 하루에 너무 큰 영향을 미친다면, 그 삶의 주인은 내가 맞는 것일까? 나의 기대가 상대방의 욕구와 어긋날 수도 있고, 상대방의 반응이 나의 기대에 못 미칠 수도 있다.

타인의 반응에 기대어 내 삶의 주도권을 내어주지 말자.

지금, 누군가의 한마디에 오늘 하루가 크게 휘둘리고 있다면, 스스로를 괴롭히는 생각 수렁에서 빠져나와 잠시 나와 마주해 보자. 나는 지금 무엇을 해야 하는가?

내 삶의 주체는 내가 되어야 한다.

"나는 나의 할 일을 하고 당신은 당신의 일을 한다.

나는 당신의 기대에 부응하기 위해 사는 것이 아니고,

당신은 나의 기대에 부응하기 위해 사는 것이 아니다.

나는 나이며, 당신은 당신일 뿐이다.

어쩌다 우리가 서로를 발견하게 된다면, 그것은 아름다운 일.

만약 그렇지 않다고 해도, 그것은 어쩔 수 없는 일."

프리츠 펄스, 〈게슈탈트 기도문〉

05
내가 할 수 있는 것은
아무것도 없다고 느낄 때

"나는 오직 하나의 자유를 알고 있다. 그것은 정신의 자유다."

생텍쥐페리

경기도 광주시에 위치한 모 연수원 본관 1층 남자 화장실에는 이런 시가 붙어 있다.

제목: 두 가지 두려움

칼포아르

그날 그 밤이 다가왔네.
그녀는 나를 피하며 말했지.
"왜 옆으로 다가오시나요?
아, 당신이 정말 두려워요."

그리고 그 밤이 지나갔네.

그녀는 내게 다가오며 말했지.

"왜 나를 피하시나요?

아, 당신이 없으면 정말 두려워요."

이 시가 표현하고자 하는 속 뜻은 무엇일까? 소변기에 너무 가깝게 붙지도 말고 너무 멀리 떨어지지도 말라는 이야기를 빙빙 돌려서 비유적으로 표현한 것일까? 사실 이 시는 인간이 가지고 있는 '버려짐에 대한 두려움'과 이번 장에 소개할 '삼켜짐의 두려움'의 양가감정을 아주 잘 표현한 시이다. 사람은 중요한 대상이 자신을 두고 떠나거나 멀어질까 봐 두려워하는 마음도 있지만 중요한 대상이 나라는 고유성을 집어삼켜 종속되고 자유의지가 꺾일까 봐 두려워하는 마음도 존재한다.

우연히 들른 의류 매장에 한 점원이 친절로 무장한 채 이런저런 옷을 제안한다면 분명 대접받는 느낌이 들어 좋을 수 있지만 마음 한편으로는 '아, 이렇게까지 하는데 안 사고 그냥 나가면 좀 아니지 않나.'라는 생각이 엄습해 점점 불안해지기 시작한다. 결국 점원의 권유에 삼켜진 나는 마음에 없는 옷을 이것저것 권하는 대로 걸쳐보다가 계획에도 없던 비싼 옷을 계산하고 나오게 된다.

여기서 우리는 2가지 갈래에서 고민한다.

첫째는 '어차피 언젠가는 옷을 사려고 했는데 이번 기회에 잘됐지 뭐. 역시 비싼 게 좋아.'라고 애써 위안을 삼는 것이다. 이것을 두고 심리학에서는 현실에 더 이상 실망을 느끼지 않기 위해 그럴듯한 이유를 붙여 자신의 말이나 행동에 대해 정당화를 시키는 방어기제인 '합리화(Rationalization)'라고 한다. 두 번째 갈래는 용기를 내어 다시 매장에 찾아가 눈 딱 감고 당당히 환불을 요청하는 것이다. 결국 삼켜지거나 벗어나거나 둘 중 하나를 선택하게 된다.

사람은 다양한 경로를 통해 자신의 고유성을 잃어버리는 느낌인 '삼켜짐'의 정서를 경험한다. 오랜 기간 동안 쉬지 않고 열심히 일해 온 직장인은 어느 날 업무와 일상에 삼켜지는 느낌을 받고 인기 있는 연예인은 수많은 스포트라이트와 대중들의 관심에 삼켜지는 느낌을 받는다. 일거수일투족을 알아서 다 처리해 주는 헬리콥터 엄마에게 아이는 삼켜지는 느낌을 받는다. 지속적인 삼켜짐의 느낌은 결국 좌절감과 우울감, 자기 통제감의 상실, 자존감 하락으로 이어진다.

만약 최근 내가 이러한 삼켜짐의 상황에 처해 갑갑함을 느끼고 있다면 잠시 멈춰서 점검해 봐야 할 몇 가지가 있다.

먼저 내가 삼켜짐을 느끼는 대상이 무엇인지 정확한 실체를 파악하는 것이다. 그리고 그 대상이 정말 나를 삼키고 있는 것인지 아니면 내가 지나치게 민감한 방어벽을 설치해 삼키려는 의도가 없는 대상에 대한 지나친 오해나 감정적 편향을 하고 있는 것은 아닌지 점검하는 것이다. 이때 나를 지지하는 주변 사람들의 생각을 들어보는 것도 중요하다. 대인관계에 대한 민감도가 너무 높은 나머지 누군가 진심을 다해 나에게 조심스럽게 다가오는 발길마저도 "저 사람은 결국 날 삼키고 이용할 게 뻔해."와 같이 비합리적 신념을 가지고 왜곡해 바라본다면 그 어느 누구와도 연합하지 못할 것이다.

두 번째, 나를 삼키는 대상이 명확하며 비합리적인 오해도 없다면 그것을 극복하기 위한 계획을 세워야 한다. 이때 지나친 '자기반성'의 굴레를 반드시 벗어나야 한다. "내가 부족하기 때문에 저 사람에게 삼켜지는 게 마땅한 거야."와 같은 자기반성은 좋지 못하다. 심리학자 빅터 프랭클은 "자신의 부정적인 측면에 대해서만 생각하지 말라, 자신으로부터 한 걸음 물러나보라. 보지 못한 많은 좋은 것이 보인다."라고 권하며 '반성제거(de-reflection)'의 시간을 가질 것을 제안했다. 앞서 소개한 매장 직원에게 삼켜진 고객이 집에 돌아와 자신의 선택을 후회하며 "내가 허술하니 맨날 이 모양 이 꼴이지."라는 지나친 반성과 더불어 돈도 쓰고 스트레스까지 받는다면 여러분들은 어떻게 조언할 것인가? 아마 "너의 잘못은 하나도 없어. 나라도 그 압박을 견디

긴 어려웠을 거야."라고 위로를 건네게 될 것이다.

　　지나친 자기반성은 결국 삼켜짐의 압력에 무력감을 느끼며 그 대상
에 삼켜질 수밖에 없는 본인의 처지를 합리화시켜 다시금 종속되게
만드는 촉매제 역할을 한다. 누구도 넘볼 수 없는 나의 심리적 공간은
어느 누가 나서서 지켜주지 않는다. 내가 가꾸고 지켜야 할 의무가 있
는 공간인 것이다. 그 공간에 함부로 재를 뿌리며 침범하려는 대상이
있다면 당당하게 당신의 의무와 권리를 주장해야 한다. 당신을 아프
게 하는 모든 것은 온당치 못한 것이니 마땅히 힘주고 또 힘주어 당신
의 목소리를 내어야 한다. 우리 마음은 그렇게 '삼켜짐'으로부터 벗어
날 수 있다.

06
무례한 사람에게 상처받지 말자

"무례함이란 약자가 강한 척하는 것이다."

에릭 호퍼

20대 중반까지는 요식업 현장에서 고객 서비스 업무를 했다. 대학에서 관광학을 전공하기도 했고, 사람들에게 관심을 가지고 도움을 주는 것을 좋아하는 성격상 누군가에게 서비스를 제공하는 일은 자신 있었다. 꽤 적성에 맞는 일이었고 나름 잘 해냈다. 물론 좌절을 맛보게 하는 고객도 있었다.

밝은 미소로 환영 인사를 하는데 시끄러우니까 조용히 하라는 사람,
돈을 던지는 사람,
처음 봤음에도 불구하고 인상을 잔뜩 쓰며 반말과 명령조로 이야기하는 사람.

마음먹고 열거하기 시작하면 끝도 없을 만큼, 무례한 순간들을 많이 마주했다. 길 가다 마주치는 누군가였다면 아마 눈에 힘을 잔뜩 주고 노려보기라도 했을 것이다. 정색을 하고 한마디 했을 수도 있고, 무시하며 자리를 떴을 수도 있다. 그러나 고객 아닌가? 어쨌든 충실히 내 임무를 다해야 했다. 언짢은 감정을 숨기고 최대한 친절하게 응대하지 않을 수 없었다.

'감정노동'은 실제 느끼는 감정과 무관하게 업무에 적합한 감정 상태로 직무를 행하는 것을 이야기한다. 고객 만족을 중시하는 고객 서비스 현장에서 특히나 감정 노동이 더 많이 요구되기는 하지만, 직장인들이라면 누구나 어느 정도의 감정 노동을 한다. 거래처의 누군가에게, 상사에게 나의 감정을 고스란히 드러낼 수는 없지 않은가? 업무적으로 만나는 무시하기 어려운 대상이 무례하게 다가올 때 어떻게 대응하는 것이 좋을까? 하루가 멀다 하고 마주하는 무례한 그들로부터 나를 보호하기 위해 나는 다음과 같은 방법을 사용했다.

무례한 사람은 안쓰러운 사람(부족한 사람)이다.

먼저 무례한 사람들에 대한 프레임을 수정했다. '무서운 사람', '나를 괴롭히는 사람', '나쁜 사람'이라고 생각했던 그들이 어느 순간 조금 안타깝게 느껴졌다. '굳이 이렇게까지 무례할 필요가 있나?' 인성 좋은, 잘 배운, 자신을 잘 관리하는 사람들은 보통 더 정중하다. 자신에 대한 존중감이 높은 사람들은 다른 사람도 자신과 같이 가치 있는 존재로 인식하고 존중한다. 상대방의 감정을 고려하지 못하고 자신의 무례함을 인지하지 못하는 사람들은 인성이 중요한 현대 사회에서 굉장히 중요한 역량 하나를 못 갖춘 부족한 사람들이다. 큰소리를 내야만 존중받을 수 있다고 생각하는 사람들이라면 오히려 더 안쓰럽다. 그렇지 않을 경우 존중받지 못하는 삶을 살고 있다는 방증 아닐까? 얼마나 마음에 여유가 없고 각박하면 이런 태도로 사람들을 대하는지 안쓰럽게 느껴지자 전처럼 그들이 두렵지 않았다.

저 부족한 사람에게 내 에너지를 너무 낭비하지 말자.

안쓰럽게 느껴진다고 해서 무례한 사람들을 만났을 때 감정의 동요가 없는 것은 아니다. 그런 사람들을 마주하면 기분이 상하기 마련이다. 무시당한 기분이 들고 화가 난다. 순간적으로 열이 오르고 불쾌하다. 그렇지만 내 마음과 생각의 많은 부분을 그런 사람들에게 내어주지 않으려고 노력했다. 그럴 만한 가치가 있는가? 굳이 저 사람 때문에 내가 이렇게 오래 힘들어하고 곱씹어 떠올리며 나를 힘들게 해야 하는가? 그 순간이 떠오를 때마다 머리를 도리도리 휘저으며 생각을 전환했다. 형편없는 사람의 행동을 내 속에 오래 담아 둘 필요가 없다.

똑같은 사람이 되지 말자. 더 큰 사람이 되자.

'가는 말이 고와야 오는 말이 곱다.' 무례한 방식으로 사람을 대한다면, 다른 사람들에게도 좋은 반응을 얻지 못한다. 그래서 그들은 좋은 반응에 취약하다. 감정적으로 맞대응하지 않고 오히려 전략적으로 더 잘해주면 멋쩍어하며 미간에 힘을 푸는 경우가 많다. 무례함에 당황해서 쩔쩔매는 것이 아니라 동요되지 않고 원래의 친절을 유지한다. 가능하다면 조금 더 친절을 베풀었다. '사회적인 역량이 부족한 사람'이라고 프레임을 조정했으니 똑같이 부족한 사람이 될 순 없었다. 내가 조금 더 나은 사람이니, 부족함을 좀 포용해 보자는 마음이 생겼다.

앞서 얘기했던, 맞이 인사에 "시끄럽다."라고 소리치던 중년의 남자 고객은 나의 어떤 반응을 기대했던 것일까? 어쨌든 나는 그 말에 휘둘리지 않고 내 할 일을 했다. 일부러 작은 목소리를 내며 더욱 친절하게 응대했다. "죄송해요, 제가 목소리가 좀 컸나 봐요! 주문하시겠어요?" 약간 당황한 얼굴이 되었던 그 고객은 후에 단골이 되었다. 웃는 얼굴로 들어와 먼저 인사도 건네고 시시콜콜한 일상 이야기도 곧잘 들려주었다.

내가 사용했던 이런 방식들이 모두에게 적용되는 방안일 것이라고는 생각하지 않는다. 다만, 무례한 사람을 무시할 수 없는 상황이라면, 무례함으로부터 스스로를 지킬 수 있는 대책 마련은 필요하다. 사회적 스킬이 부족한 다소 안쓰러운 사람들이 하는 말과 행동에 끌려가지 않을 수 있도록 말이다.

07
공허함을 극복하는 방법

"싫어하는 사람들에게 인정받고
필요 없는 물건들을 살 돈을 벌기 위해
하기 싫은 일을 하며 사는 이상한 인종들
나는 그 가운데 한 사람이었다."

에밀리 헨리 고브로

언제부터인가 단순히 마이크를 잡고 강단에 서는 직업을 가졌다는 이유만으로 친구는 물론 지인들의 결혼식 사회를 정말 많이 진행했다. 최근에도 그런 연유로 한 친구의 결혼식 사회를 맡게 되었고 미리 식장에 도착해 익숙하게 식순 대본을 살피고 있었다. 대본을 찬찬히 훑어 보다가 흠칫하는 부분이 있었다. 주례님의 약력이 지나치게 길었던 것이다. 대개 2개에서 3개 정도의 대표적인 약력을 소개하는 주례 소개란에 무려 7줄에 걸친 빼곡한 약력이 적혀 있던 것이다. 약력에 잘 들어가지 않는 ○○ 동네 통장 역임까지 적혀 있는 걸 보고 나도 모르게 헛웃음이 나오고야 말았다. 아무래도 통장 역임을 비롯한 몇 개의 이력은 원활한 결혼식 진행을 위해 줄이는 것이 맞겠다 싶어서 주례님을 찾아 약력에 대한 수정을 직접 문의했다. 허나 돌아오는 대답은 "절대 안 돼요."였다. 지금까지 많은 주례를 해봤으며 이렇게 소개해도 아무 문제가 없었다고 하는 것이었다.

주례님의 절대 꺾이지 않을 것 같은 완고한 표정을 보며 결국 설득을 포기할 수밖에 없었고 본식에서 이 악물고 꿋꿋하게 7줄에 달하는 장대한 이력을 읽어 내렸다. 역시 우려한 대로 '○○ 통장 역임' 대목에서 몇몇 사람들의 한숨과 웃음소리가 들렸다. 내가 주례도 아닌데 괜스레 얼굴이 달아올랐다. 다행히 결혼식은 원만하게 끝났고 대본을 정리하고 단상을 벗어나려던 찰나였다. 주례님이 뭔가 마음에 남아 있는 부분이 있었는지 나에게 다가와서는 이런 말을 했다.

"이력을 다 말해줘야 주례를 우습게 안 봐요.", "이력이 좋으면 사람들이 더 대단하게 생각해서 결혼식을 더 품격있게 생각한다고요."

나는 잘 알겠다고 대답한 후 공손하게 인사를 드리고 자리를 떠났다. 그리고 집에 돌아와 이 에피소드에 대해 깊게 생각해 보았다. 어찌 보면 자신을 규정지을 수 있는 7줄의 이력이 주례님에게는 존재감 그 자체였던 것이다. 당연히 존중한다. 하지만 한편으로는 그 이력의 단 한 줄이라도 비어버리게 되면 나라는 사람이 부정될 것만 같은 마음에 사로잡혀 있는 것은 아닌가 하는 생각도 들었다.

심리학에서는 이런 모습에 대해서 '비어 있음의 두려움'이라고 설명한다. '비어 있음의 두려움'은 공허함과 수치심을 싫어하는 인간 본연의 심리가 과하게 작용되어 남들로 하여금 무언가를 위해 지금껏 쌓아온 내 삶의 업적을 부정당하거나 들키고 싶지 않은 빈 공백을 누군가 알아차릴까 봐 두려워하는 생각에서 나오는 정서이다. 이 두려움은 타인의 시선과 평가를 기반으로 하는 경우가 많다.

'내가 이런 일을 했다는 것을 혹시 남들이 몰라주면 어떻게 하지? 그럼 나는 어떤 사람이지?'
'내가 사실 남들의 생각보다 능력이 뛰어나지 않다는 걸 들켜버리면 어떻게 하지?'

이 두려움을 가지면 남들이 보기에 무언가 채워져 있는 충만한 삶을 살고 있어야만 한다는 강박에 시달린다. 이 두려움을 이겨내지 못하면 오랜만에 열리는 동창회 참석도 어렵고 승진을 하는 것도 두려워진다. 친구와 은사님에 대한 반가움보다 나보다 더 채워진 삶을 살고 있는 것 같은 동창들을 보며 느낄 공허감의 크기가 더 커질 수 있기 때문이다. 또한 승진한 만큼 더 좋은 성과를 내지 못하면 느낄 수치심과 더불어 남들에게 지금까지의 커리어를 부정당할 것 같은 생각마저 든다. 결국 위치에 따르는 책임감이 건강하지 못한 부담감과 두려움으로 변질되는 것이다.

이런 상황에서 선택하게 되는 행동은 무엇이 있을까?

첫 번째, 내가 완벽하게 할 수 없으니 차라리 '회피하기'이다.

두 번째, 없지만 있는 척, 있지만 없는 척과 같은 '가면 쓰기'이다.

세 번째, 내가 두려워하는 핵심을 들키지 않기 위해 '시선 돌리기'를 통해 내 공백을 들키지 않게 하는 전략을 쓰는 것이다. 막상 나라는 사람의 실체를 알게 되면 주변 사람들이 나를 별 거 없게 생각하거나 급기야는 떠날까 봐 두려워하는 '버려짐의 두려움'까지 함께 양립하게 되어 이 문제 행동은 더욱 심각한 결과를 낳게 된다.

그렇다면 비어 있음 두려움은 어떻게 극복할 수 있을까?

첫 번째, 먼저 시간의 누적과 내 능력의 누적을 분리해야 한다. 둘을 상관관계에 두어서는 안 된다. "내가 ○○년의 경력을 가지고 있으니 그에 걸맞은 엄청난 실력을 가지고 있어야 해."와 같이 비합리적인 생각은 버려야 한다. 세월은 세월이고 나는 나다. 모든 것이 세월의 흐름만큼 발전이 누적될 수 없다. 세월은 원래 발전과 쇠퇴의 양면성을 가지고 있다. 나이가 들면 근육은 줄어도 지혜가 느는 것처럼 말이다.

두 번째, 남들이 나를 어떻게 평가하고 생각할지를 의식하지 않아야 한다. 남들은 오로지 자신과 자식 말고는 딱히 관심이 없다는 것을 알아야 한다. 이 부분은 딱히 부연 설명도 필요 없다.

세 번째, 나의 부족함이 신경 쓰인다면 솔직하게 주변 사람들에게 이야기하자. 오히려 마음이 편해진다. 그리고 이런 나에게 인간미가 느껴 오히려 도와주는 사람이 반드시 나타난다. 사람들은 완벽한 사람을 별로 좋아하지 않는다.

네 번째, 그래도 신경 쓰인다면 내게 공백이라 느껴지는 부분을 보완해 떳떳해지기 위한 노력을 해보자. 나 또한 강의 때 심리학에 관한 이야기를 할 때면 '심리학 대학원에서 깊이 있는 공부를 하지 못했는데 이런 얘기를 해도 되는 걸까?'란 생각을 하며 자주 눌리곤 했다. 하지만 그 눌림은 대학원에 진학하여 공백을 메꾸는 시간을 통해 조금씩 원상복구 되기 시작했다.

다섯 번째, 내가 무언가를 탁월하게 이루지 않아도 지구상에 단 하나밖에 존재하지 않는 고귀한 존재임을 잊지 않는 것이다. 존재만으로도 고귀한데 가끔 강점과 능력도 발휘하는 훌륭한 존재임을 알아주어야 한다.

우울은 과거로부터 오고 불안은 미래로부터 온다. 과거에 연연하지 말고 다가오지도 않은 미래를 우려할 필요도 없다. 현재의 나는 그저 오늘을 잘 보내며 행복하고 싶은 존재이다. 딱히 뭘 해내거나 증명하지 않아도 그저 오늘 하루를 만족스럽게 보낼 수 있다면 세상에서 가장 공백 없이 충만한 존재가 되는 것이다.

08
질투로부터 성장하는 방법

"공기처럼 가벼운 사소한 일도, 질투하는 이에게는 성서의 증거처럼 강
력한 확증이다."

윌리엄 셰익스피어, 『오델로』

누구나 느끼는 보편적인 감정이면서도 숨기고 싶은 감정, 왠지 겉으
로 드러내면 내가 찌질하고 못난 사람으로 보일 것 같은 그런 감정들
이 있다. 예를 들면 '질투심' 같은. '질투'는 남을 부러워하는 감정 또는
그 감정이 고양되어 증오나 적의 형태를 띠는 것을 의미한다. 정도의
차이는 있겠지만 질투심이라는 감정을 한 번도 느껴보지 못한 사람은
아마 없을 것이다.

누군가가 잘되었을 때 축하해주는 한편 나도 모르게 내 처지와 비교
하며 느끼는 초라함, 다른 사람보다 뒤처지거나 지기 싫어하여 지속

적으로 타인의 상황을 신경 쓰고 의식하는 행동들, 나도 저만큼 잘할 수 있었는데... 하는 자책 등 상황과 모습은 조금씩 다르지만, 어쨌든 질투라는 감정은 참 괴롭다.

그런데, 이 '부러운' 감정이 꼭 나쁘기만 한 것은 아니다.

내가 대학원에 진학하게 된 데에는 친구의 공이 컸다. 20대에 강사 아카데미에서 인연을 맺은 후로 인생에서 너무 소중하고 든든하게 자리하고 있는 친구가 있다. 그녀와 나는 같은 직업군 안에서 서로 응원하며 함께 성장해 왔고 지금도 그렇다. 30대 초반, 우리는 '앞으로 더 성장하기 위해서 대학원 진학이 필요하다.'라는 이야기를 많이 나눴었지만, 바쁘다는 핑계로 시기를 계속 미뤄오고 있었다. 그러던 어느 날, 친구가 대학원 합격 소식을 전했다. 친구의 성장이 정말 기뻤고, 진심으로 축하해주었다. 같은 목표를 꿈꾸다 한 발 앞서 이뤄낸 친구가 대견했고, 한편으로 부러운 마음도 생겼다. 그 마음은 미뤄오던 대학원 준비를 실행할 수 있는 동력이 되어주었다. 그리고 일 년 뒤 나는 대학원에 입학하게 되었다.

질투는 악성 질투와 양성 질투로 구분된다. 악성 질투는 나보다 앞장선, 혹은 내가 가지 못한 것을 가지고 있는 누군가를 대상으로 시기하는 마음을 가지며 그 사람이 잘 안 되기를 바라는 마음이다. 이를테면 '나보다 잘 나가는 저 사람을 보면 배가 아프니 저 사람이 망해버렸으면 좋겠다.'와 같은 생각을 갖는 것이다. 이것은 나에게 도움이 되지 않는 비생산적인 마음가짐이다. 저 사람이 잘 안 됐을 때 내가 얻는 것은 무엇일까? 사실 딱히 없다. 얻는 것도 없이 '저 사람이 잘되나 안 되나.' 에너지를 쓰는 것이 내 삶에 이로울 리가 없다. 오히려 부정적인 마음을 품고 있어 괴로움만 더 커질 뿐이다.

양성 질투는 부러운 마음을 동력으로 삼아 나도 그런 사람이 될 수 있도록 노력하는 것이다. 누군가에게 질투심을 느꼈다면, 그 사람이 내가 원하는 모습을 가졌기 때문일 것이다. 그리고 그 지점이 아마 나에게는 없는, 내게 부족한 부분일 가능성이 크다. 심리학자 알프레드 아들러는 "열등감은 창조적인 삶을 이끌어 나가는 원동력으로 작용한다"고 이야기했다. 아들러에 따르면 사람들은 열등감을 보상하기 위해 노력하면서 더욱 발전된 자기 모습을 만들어 갈 수 있다. 질투라는 감정을 잘 활용하면 나의 부족한 점과 내가 원하는 방향을 이해할 수 있다. 그리고 그것을 나를 움직이게 하는 동력으로 활용할 수 있다.

그러나 그것이 아무리 양성 질투라고 하여도 삶에서 질투를 유독 많이 느낀다면, 나의 에너지를 타인에게 많이 쏟고 있는 것이다. 다른 사람이 어떻게 사는지 계속해서 관심 가지며 내 현실과 비교하는 데에 에너지를 너무 많이 쏟는다면, 내 삶에 쏟을 에너지는 그만큼 줄어든다. 그가 가진 것이 나에게 없을 수도 있고 내가 가진 것이 그에게 없을 수도 있다. 당연한 이치에 마음을 너무 빼앗기지 말자.

나의 질투를 한번 점검해 보자. 나는 질투를 얼마나 자주 경험하는가? 지금, 질투하는 대상이 있는가? 그것은 악성 질투인가? 양성 질투인가? 누군가를 원망하는 데에 에너지를 쓰고 있다면 다음의 체크리스트를 통해 나를 성장시키는 힘으로 활용해 보자.

질투로 성장하기 위한 체크리스트

1. 부러운 대상을 떠올려 보자. 그 사람의 어떤 점이 부러운가? ☐

_____

_____

2. 그중, 내가 현실적으로 이룰 수 있는 것들은 무엇인가? ☐

_____

_____

3. 그것을 이루기 위해 어떤 노력을 할 수 있을까? ☐

_____

_____

4. 나에게 도움이 되지 않는, 떨쳐버려야 할 생각들은 어떤 것인가? ☐

_____

_____

정현우 작가의 한마디

'함께 기뻐하기'의 위력

"남의 좋은 점을 발견할 줄 알아야 하고

남을 칭찬할 줄도 알아야 한다.

그것은 자기를 상대방과 같은 위치에 놓는 것이 된다."

괴테

    학창 시절에는 상을 받아본 기억이 거의 없다. 기껏해야 개근상과 고무 동력기 날리기 대회 은상 정도가 기억에 남는다. 하지만 성인이 되어서는 참 감사하게도 한 기관으로부터 3년 연속 우수 강사상을 수상했다. 첫 번째 수상에도 꽤 기뻤지만 3번의 연속된 수상은 정말 뿌듯함의 크기가 남달랐다.

    상을 받는 것에 단련되지 않은 나는 너무 기쁜 나머지 이 사실을 누군가에게 알리고 싶었으나 유난을 떠는 것 같아 마침 당일 만나기로 했던 친구에게만 이 소식을 알렸다. 당시 친구는 "오, 그래?"라는 다소 건조한 리액션과 함께 "그런 상도 있구나…. 근데 앞으로 되게 부담되겠다."라는 말을 건넸다. 예상치 못한 반응에 잠시 할 말을 잃어버린 나에게 친구는 이어서 "이러다 상을 못 받게 되면 자신의 가치가 하락했다는 느낌을 받아서 되게 우울할 거 같아."라고 말했다. 그냥 한 번쯤 누군가에게 축하를 받고 싶었는데 오히려 걱정과 우려의 말을 접한 나는 다소 머쓱해져서 다른 주제로 이야기를 돌렸다. 그때 나는 이런 생각을 했다. "기쁜 일이 생겼을 때 같이 기뻐해 주는 것이 힘들 때 함께 해 주는 것만큼이나 임팩트가 있구나." 그 경험 이후로 나 또한 주변 사람의 기쁜 소식을 접했을 때 어떻게 대해주었는지에 대해 꽤 긴 시간 복기해 보았다.

펜실베이니아대학교의 캐런 레이비치 교수는 좋은 소식을 접했을 때 사람은 주로 4가지의 반응을 보인다고 말했다.

첫째는, '함께 기뻐하기'이다.

말 그대로 상대방의 좋은 기분에 함께 머물러 주고 기꺼이 축하해 주는 것이다. 관계에 가장 좋은 영향을 미친다.

둘째는, '대화 종결하기'이다.

말을 건넨 상대방을 응시하지 않고 최대한 건조한 반응을 통해 머쓱해지도록 만드는 반응이다.

셋째는, '찬물 끼얹기'이다.

긍정적인 측면은 축소하고 부정적인 측면을 확대하여 상대의 좋은 정서를 망치는 반응이다.

넷째는, '화제 돌리기'이다.

"아 그렇구나. 근데 오늘 뉴스에 ○○ 나온 거 봤어? 되게 황당하더라."와 같이 주제와 전혀 상관없는 화제를 통해 상대방의 기쁨을 다른 곳으로 분산시키는 반응이다.

4가지 반응 중에서 친구가 나에게 보인 반응은 2번째와 3번째에 해당된다. 이 중 관계에 좋은 영향을 끼치는 것은 첫 번째에 해당하는 '함께 기뻐하기'밖에 없다. 물론 나와 친하지도 않고 탐탁지 않은 관계성을 가진 사람이 다짜고짜 좋은 소식을 전하며 축하를 원한다면 그것 또한 불편할 수 있겠지만 굳이 건조하거나 부정적인 반응으로 상대에게 반감을 자아낼 필요도 없는 것이다.

셀리 게이블 박사는 79쌍의 연인을 대상으로 재미있는 연구를 진행했다. 왜 굳이 80쌍이 아닌 79쌍이었는지 의아하지만(실험 전날 한 커플은 헤어졌을 수도 있다.) 실험 내용은 이렇다. 연인에게 기쁜 일을 이야기할 때와 힘들었던 일을 이야기할 때 상대방의 반응이 연애 만족도에 미친 영향을 조사한 것이다.

언뜻 생각해 보면 힘든 일을 같이 공감하며 지지해 준 상대방의 모습에 더 큰 호감을 느낄 것 같지만 결과는 정반대였다. 자신이 힘든 얘기를 했을 때 연인이 어떤 반응을 보였는지는 연애 만족도에 별다른 영향을 미치지 않았지만 기쁜 일에 대해 얼마나 함께 기뻐해 주었는지는 연애 만족도에 훨씬 더 큰 영향을 미쳤다는 결과가 나온 것이다.

힘듦의 정서는 생각보다 복잡 다단하며 상대가 정말로 정확하게 원하는 반응을 꺼내는 것은 결코 쉽지 않다. 하지만 기쁨의 정서에 반응하는 것은 전자보다 훨씬 낮은 난이도를 가지고 있다. 그렇기에 만족도는 더 큰 데다 의외로 내게 생긴 기쁜 일을 비슷한 수준으로 기뻐해 주는 경우가 그리 많지 않기에 더 특별하게 다가오는 것이다.

한 번쯤 메모장에 내가 정말 귀하고 소중하게 생각하는 사람들의 목록을 적어보고 그들이 좋은 소식을 전했을 때 나는 어떤 반응을 보였었는지 한번 되돌아보자. 기쁨의 정서에 공감하는 것은 난이도는 낮지만 상대방의 기억엔 오랫동안 좋은 모습으로 기억된다.

살면서 "당신이 잘되어서 나도 참 좋아요."라는 얘기를 듣는 순간이 몇이나 될까? 그 희귀한 축복을 소중한 사람에게 누구보다 발 빠르게 꼭 전하리라고 벼려 보는 오늘이다.

기쁨을 주고받는 관계로 거듭나는 체크리스트

1. 내가 기쁜 일이 생겼을 때 함께하고 싶은 관계는? ☐

_____

_____

_____

2. 위의 사람에게 내가 기쁜 소식을 전하거나 반대로 기쁜 소식을 접했을 때
   상대와 나의 반응은 어떠했는가?(나 :   상대방 :   ) ☐

_____

_____

_____

3. 앞으로 타인의 좋은 소식에 어떻게 반응해 보고 싶은가? ☐

_____

_____

_____

조현미 작가의 한마디

당신의 관계도
좋아질 수 있습니다

"내가 원하지 않는 바를 남에게 행하지 말라."

공자

하버드대학교에서 1938년부터 무려 85년간 진행하고 있는 행복 탐구 연구에 따르면 '좋은 관계가 우리를 더 행복하고 건강하게 해준다.' 연구 결과를 담은 책 『세상에서 가장 긴 행복 탐구 보고서』에서 저자 로버트 월딩거와 마크 슐츠는 행복한 삶을 위한 핵심 요인이 '인간관계'라고 전한다.

역경과 시련 등의 좌절을 경험했을 때 다시 일어설 수 있는 능력을 '회복탄력성'이라고 한다. 일상의 많은 일들이 내 뜻대로 이루어지기는 어렵기에 우리는 삶 속에서 필연적으로 좌절을 경험한다. 회복탄력성이 높은 사람은 좌절을 마주하였을 때도 자신의 상황을 부정적으로만 인식하지 않고 적극적으로 대처하며 시련을 이겨낸다. 일상에서 시련의 경험이 필연적이라면, 원활한 자기 경영을 위해서 시련을 극복하는 힘인 회복탄력성 역시 꼭 필요한 능력이라고 할 수 있다. 이 회복탄력성을 이루는 요인으로는 자기조절능력, '대인관계능력', 긍정성이 있다.

당신의 관계 능력, 괜찮은가?

우리는 다양한 관계를 이루며 살아가고 그 관계의 영향을 많이 받는다. 좋은 관계 기술을 통한 원만한 대인관계는 우리의 삶의 만족을 높여주며, 시련에서 우리를 더 빨리 회복하게 한다. 즉 대인관계 기술은 우리에게 매우 중요한 능력이라고 할 수 있다.

미국의 심리학자 에릭 번은 사람들이 서로 인정하고 인정받기 위해 사용하는 모든 수단으로 '스트로크(stroke)'를 제시하고, 인정의 한 단위(a unit of recognition)로 정의했다. 사람들이 서로 주고받는 모든 자극과 반응 즉, 말, 표정, 제스쳐, 행동 모두 스트로크에 해당한다. 강의실에 들어서서 먼저 자리한 교육생분께 웃는 얼굴로 "안녕하세요." 인사를 건네자, 그분도 미소를 띠며 "안녕하세요." 대답한다. 서로 스트로크를 주고받은 것이다.

당신은 어떤 자극을 주는 사람인가?

스트로크는 긍정적인 스트로크와 부정적인 스트로크로 구분할 수 있다. 일반적으로 긍정적인 스트로크는 상대를 즐겁게 하고 부정적인 스트로크는 상대를 기분 나쁘게 한다. 누군가가 나를 향해 미소 짓거나, 먼저 다가와 인사하거나, 나의 바뀐 헤어스타일을 알아채고 칭찬해 주는 것은 기분 좋은 일이며 이것은 긍정적인 스트로크에 해당한다. 반면 누군가 내가 하는 인사에 무대응으로 반응한다거나, 나를 밀치고 지나가거나, 농담이랍시고 나의 옷차림을 지적하는 것은 기분 나쁜 자극으로 부정적인 스트로크에 해당한다. 당신은 어떤 자극을 더 많이 주는 사람인가? 긍정적인 자극인가? 부정적인 자극인가?

당신은 어떤 사람과 관계 맺고 싶은가?

스트로크는 누적된다. 누군가가 나에게 긍정적인 스트로크를 지속적으로 준다고 생각해 보자. 날 보며 웃고, 상냥하게 인사하고, 칭찬하고, 긍정적 마음을 표현한다. 그 사람이 보내주는 이 긍정적인 스트로크는 내 마음에 쌓이고 쌓여 나는 그 사람을 '좋은 사람'이라고 인식한다. 같은 원리로 기분을 상하게 하는 부정적인 스트로크 역시 누적된다. 누군가 부정적 자극을 계속 준다면, 그 사람은 '함께하고 싶지 않은 사람'으로 인식된다. 우리는 모두 좋은 사람과 함께하고 싶어 한다. 긍정적인 스트로크의 누적으로 좋은 사람이 되면 삶을 이루는 다양한 관계가 좋아진다. 좋아하는 사람이 도움을 요청하면 적극적으로 나서서 도움을 주고 싶어진다. 좋은 사람과 시간을 함께 보내고 싶고, 좋은 사람이 하는 말이 더 신뢰가 간다.

당신도 좋은 상대가 되어줄 수 있다.

내가 주는 스트로크를 점검해 보자. 부정적인 스트로크 습관을 덜어내고 긍정적인 스트로크 실천을 계획하자. 함께하는 사람들에게 긍정적인 스트로크를 누적하여 함께하고 싶은 좋은 상대가 되어보자. 내가 받았을 때 기분 좋아지는 긍정적인 자극은 무엇인가? 나는 그것을 잘 전달하고 있는가?

원만한 관계를 위한 스트로크 체크리스트

1. 내가 사람들에게 기대하는 스트로크는 무엇인가? ☐

_____

_____

_____

2. 내가 받고 싶지 않은 스트로크는 무엇인가? ☐

_____

_____

_____

3. 위의 내용을 바탕으로 긍정적인 대인관계를 위한 나의 스트로크를 계획
   해 보자. ☐

_____

_____

_____

에필로그

'경험과 사색의 누적은 나의 좋은 때를 반드시 데리고 온다.'

아주 어린 시절부터 책을 쓰고 싶었다. 내 이름이 겉표지에 적힌 책 한 권이 갖고 싶었다. 어떤 책을 쓰고 싶은지 확실하게 정하지도 않은 채 막연히 갈망했다. 그런 상태로 10대를 지나 20대를 지나 30대도 훌쩍 지나 40이 넘어서야 이 책을 쓰게 되었다. 갈망의 기간은 수십 년 이었지만 정작 집필의 기간은 몇 달 걸리지 않았다. 조금은 허무했다.

이렇게 바짝 집중하면 금방 이루는 것을 왜 계속 쓰지 못하고 미뤄 왔을까?

좀 더 일찍 쓸 수 있지 않았을까?

하나 곰곰이 생각해 보니 현시점에서 설령 과거로 돌아간다 해도 결국 이 시기 즈음에 책을 쓸 것이라 확신하게 되었다. 모든 것은 '누적' 의 문제였다.

결심의 누적이 필요했고 실망의 누적이 필요했다.

관계의 누적이 필요했고 실연의 누적이 필요했다.

도전의 누적이 필요했고 실패의 누적이 필요했다.

그리고 무엇보다 사색의 누적이 반드시 필요했다.

열거하기 힘들 정도로 많은 누적의 퇴적물이 지금 이 순간과 만나도록 조금씩 나를 밀어 올려준 것이다.

책을 집필하면서 그간의 경험과 사색의 누적을 더 열심히 돌아보게 되었다. 그리고 어떤 순간도 헛된 순간은 없다는 것을 알게 되었다. 그 무엇도 이루지 못한 날도 이루고 싶지 않던 날도 헛된 날은 하나도 없이 소중했다. 찬찬히 여러 각도로 돌아보고 공들여 사색하면 확실히 깨닫게 된다.

본 도서 『지금 잠시 내 마음 가다듬기』 안에 담긴 다양한 질문과 사색거리를 통해 자신이 얼마나 삶을 잘 쌓아왔는지 깨닫고 그 누적에 매몰되지 않으며 굳건히 삶의 지층 위에 똑바로 서서 앞으로 만나게 될 당신의 더 좋은 날을 맞이하는 뜻깊은 계기가 되기를 희망하며 이 책의 마지막을 맺어본다.

에필로그

"나는 해야 한다. 그러므로 나는 할 수 있다."

임마누엘 칸트

돌이켜보면 나는 감정의 지배를 많이 받아왔다. 그날의 감정이 하루의 태도를 결정했다. 우울이 찾아오면 우울의 수렁에 깊이 빠져 하루 종일 멍하니 아무것도 하지 못한 채 하루를 흘려보내기도 했다. 그런 내가 상담심리학을 전공한 것은 인생에서 가장 큰 행운이었다는 생각이 자주 든다. 마음을 살피기 시작하면서 삶을 대하는 태도가 많이 달라졌다. 이따금 찾아오는 어두운 감정이 더는 전처럼 두렵지 않다.

그렇다고 시련을 덜 마주하는 것은 아니다. 여전히 인생은 고달프고 어렵다. 다만 이제는 삶에 뒤따르는 갖은 난관에 끌려가지 않는다. 겸허히 수용한다. 그리고 고난에 지친 마음에 관심과 시간을 할애한다. 세상에서 나를 가장 잘 다독일 수 있는 사람은 나 자신이다. 내가 주인이 되어 내 마음을 보살핀다.

마음에 대한 관심이 마음 관리의 시작이다. 이 책을 손에 쥐었다면, 당신은 이미 마음 관리를 시작한 셈이다. 요동치는 마음을 가다듬기 위해, 책에 실린 50가지 마음 관리 방안을 삶에 적용해 보자. 18개의 체크리스트를 작성하며 당신의 마음을 살피고 스스로 힘을 실어주자.

감정에 휘둘리는 삶을 살았던 나도 마음 관리를 통해 삶이 제법 평온해졌다. 안 좋은 일들이 계속되면 앞으로 올라갈 일만 남았다며 스스로를 다독인다. 험난한 삶을 살아내기 위해 당신도 마음을 가다듬어야 한다. 그리고 당신은 할 수 있다. 이 책을 통해 당신의 일상이 조금은 더 평온해지기를 바란다.